剪　紙

剪紙

也斯

OXFORD
UNIVERSITY PRESS

OXFORD
UNIVERSITY PRESS

Oxford University Press is a department of the University of Oxford.
It furthers the University's objective of excellence in research, scholarship,
and education by publishing worldwide. Oxford is a registered trade mark of
Oxford University Press in the UK and in certain other countries

Published in Hong Kong by
Oxford University Press (China) Limited
39th Floor, One Kowloon, 1 Wang Yuen Street, Kowloon Bay,
Hong Kong

Oxford First Edition published in 2003

剪 紙
也 斯

ISBN: 978-0-19-593840-1

7 9 10 8

一

踏上雙層巴士上層，只有兩個零星的座位。喬坐一邊，我坐另一邊，一前一後，中間隔着窄窄的通道。喬後面的男子推推喬鄰座的男子，爆出一陣笑聲。我前面的中年男人，視線離開手中小報，向左邊似乎漠不經意地看了一眼。喬總是惹人注目。記得上個月她拿藝員聖誕特刊的插圖過來給我，林就很嚴肅地說：「喬看來有點像日本人。」黃搶着說：「像法國人才是。」一日本人和法國人是兩碼子事，不過喬嫣然一笑，接受他們的恭維，沒有解釋她的血統。當時英文部婦女版的編輯在那邊喊：「喬，二號線。」她走過旁邊的桌上拿起電話。有人在旁邊說：「她的那些男朋友……」

公共汽車上的兩個男子又在笑。喬後座那個，穿着深棕色外衣，敞開衣領，一派下班後的悠閒。他翹起二郎腿，深棕色鞋尖抵着前座的椅背。椅背硬板上塗着胡言的黑字。他與喬旁邊的男子正說得興起，爆出一連串粗話，咒罵那個辜負了他的女子。他三言兩語，把她貶得一錢不值，然後把手中的煙蒂扔到地面，再用腳狠狠踐踏它。他的膝蓋，碰到前面的椅背。前面那個中年人又回過頭來，在金絲眼鏡後，向喬行了半分鐘的注目禮，整車人在顛簸中搖着頭。

在這一切當中，喬安靜地坐着。她穿一襲絲質白襯衣，黑色的短外套，襯得她格外白皙，甚至有點蒼白了。公共汽車停站，外面廣告牌上的一大幅粉藍色填滿所有窗口，喬的臉孔也染上一片粉藍。汽車開行，經過一片淺黃，她的臉又泛上淡黃。

她轉過頭來的時候，臉孔是淡紫色。她說：「到我家裏來，有些東西給你看。」我問：「洗髮水的廣告畫？」她搖搖頭。我問：「《旅行雜誌》的封面？」她又搖搖頭。後來，當我們在銅鑼灣下了車，經過潮濕骯髒的街市，走向我不熟悉的那些幽靜住宅區，她說：「那是一個秘密。」

每個人都有秘密。我傾聽秘密：獅子的咆哮、鯨魚的低語、小河潺潺的流水，還有冬盡後木棉樹枝椏爆出的一點紅花。打開一扇紅色的門，再打開一扇白色的門。喬說：「爸爸媽媽去了旅行。」客廳裏陰暗，依稀辨認出闊大的沙發和長桌。她說：「這裏來。」再推開一扇門。一片紅色和白色的亮光。白色的長櫃和書架、紅色的墊子和矮几、白色的百葉簾、紅色的掛氈。

白色牆壁上畫滿紅色鳥兒，一共有好幾十隻。

喬走過去拉起白色的百葉簾，露出一扇紅牆。原來那不是窗子，是牆。不，我弄錯了，那確是窗子，一大幅紅色的是對面大廈上畫的香煙廣告。走近窗前，還可以看到街上的行人和車輛，無聲溜過。

回過頭來，喬把一些甚麼遞給我。我向她走過去，卻發覺那只是鏡中的反映，我面對一幅長鏡，真正的她在另一邊。我轉回來，左方是一個入牆長櫃，我敲敲櫃，原來那不是櫃，只是一張反上去的單人床。

在它旁邊有一扇門。我想推門出去，發覺那只是一個釘在牆上的門鈕。我沿牆角的迴旋梯走上去，走兩步便碰痛了頭，梯子通往堅硬的天花板，只是用來裝飾。

喬遞給我的是一杯深藍色的液體，我接過來就喝。液體傾側，卻沒有流入口中。我舉高杯子，左右傾側，又把它倒轉，液體始終在杯中流動。那是一隻魔術杯子。喬笑起來了。

我問：「你說的秘密呢？」

她站在窗前，仍然在笑。牆壁的紅色映現在她臉上，白皙的臉孔好像也有了一點血色。她在自己的天地中，自得其樂，翻動一本畫冊，撥響一串鈴兒，把一個小巧的貓頭鷹擺設換一個位置。她在這裏那裏按一個掣，歌聲傳出來，但我看不見唱機。她說：「我喜歡她唱尼爾揚的這首。」她指的是誰，我又不知道。

愛是一朵玫瑰花
但你最好不要摘它
它只在枝頭上
才可以生長

那麼急促的節拍，好像有人在白色的牆壁後面擂着。砰的一聲是一隻紅鳥，一共有好幾十隻。我翻轉那些圓形、三角形、四方形、五角形，像一塊麵包，餅乾或一顆糖那樣的奇形怪狀的小几，卻看不見播音器。喬又遞給我一杯深紅色的東西。我把它倒過來，紅色的液體立刻瀉了一地。喬笑彎了腰。原來這並不是魔術杯子。她遞給我一條白色毛巾。轉眼間，地上血紅的痕跡消失在白色毛巾下面；轉眼間，白色的毛巾又消失在白色長櫃某一格裏。

這樣的房間對我來說像是異鄉。她讓我看工作桌上的設計書和美術雜誌。她有一本簿子，貼起馬克英格烈斯、保羅戴維斯、羅拔哥斯文等人在雜誌上的插圖。從《老爺》、《花花公子》、《常青》或《紐約客》上剪下來。一條蛇纏繞在少女頸上。一列火車從人的褲襠開出去。原始森林裏的火箭發射基地。星球上的一尾大金魚。它們構成一個不真實的世界。她又讓我看另一本剪貼冊，裏面是新寫實繪畫。她讚美那些汗珠和皺紋的細節。異國少女穿着比基尼泳衣的金色胴體上閃閃的水滴栩栩如生。她叫我猜哪張是繪畫，哪張是照片，我一時竟分不清楚。桌上有幾張她素描的草圖，摹倣一份翻開的外文雜誌的插畫。那是一個蹲在牆角的小女孩。她素描裏的孩子也有外國兒童眉眼的特徵。頭髮是黑色和暗金色之間的淡褐。

她又遞給我一杯淡黃色的液體。這一次，我不知它是像那杯深藍色的液體，還是像那杯紅色的液體，是倒不出來的，還是會倒瀉的，只好把它放過一旁。

「你呢？你說的秘密呢？」我又問。

她沒有回答我，一躍而起，說：「要餵鳥兒了。」

她走近牆邊，走入那些紅色的鳥兒中間。

「如果我不回來，就餓壞牠們了，我每天都餵牠們的。」她說。用湯匙從一個紅杯裏舀出甚麼，餵牠們。「有時我還跟牠們洗澡。我最喜歡溫水浴。在青山的時候，我最喜歡溫水的治療。」

喬的話是跳躍不定的。你以為她還在說鳥兒，原來她已說到自己。她的話沒頭沒尾，幾件事同時說下去。說完鳥兒喜歡吃甚麼，就跳回說自己，因為腦病，所以進入醫院治療，說着說着，你就會發覺原來她已在旅行尼泊爾，寧靜的氣氛中，在高山或是鄉下，而她也不忘告訴你，關於吸食大麻的經驗，她所看見的霓虹和燈光。鳥兒是聽話的！鸚鵡會說幾個單字，麻雀吱吱喳喳，而百靈婉轉歌唱。當時幸好有人在旁邊，當她暈倒立即抱起她，把她送進醫院。朋友說她身體底子不好，工作用神過度，需要休息一下。她敍述的事件不分先後，也不知是現在，過去還是將來。她說到其他畫畫的朋友，送她進院的朋友，一起旅行的朋友，但卻沒有提及父母。

「你父母怎麼說？」我問。

「他們去了旅行。」她誤會了我的意思。「他們各有各去。他們從來不會一起旅行的……媽媽不跟爸爸談話。」

她好像想說甚麼，又沒有說下去，我也沒有追問了。

我回望窗外，隔着一層厚玻璃，可以看見幾層樓下面，無聲的行人和汽車。街尾那兒好像發生了甚麼事，幾個人正在急步奔跑。在遙遠的地方，骯髒的灰牆旁，露出一角打樁機器的操作，還冒出一縷白煙。但這一切事件，都隔絕了聲音，變成虛假的風景畫。

喬沒有注意外邊的事。她繼續說她的鳥兒。她的話又再吸引了我。她的鳥兒都有名字。柏柏乖，發發昨天淘氣，娃娃幾天不吃東西了。逐漸我發覺她其實不是跟我說話，是在跟鳥兒說話。每天她一定都是這樣，站在這裏，拿湯匙和紅杯餵鳥兒，一邊跟牠們談話，就這樣一直說下去。公司裏認識她的每個人，一定料不到她每天回家，在這偌大的家中，就這樣久久站在牆邊，跟鳥兒說話。

喬撫着一頭鳥的翅膀，又用指頭逗另一頭鳥的尖喙。牠們是她的玩伴，構成她的世界。逐漸我好像知道多一點關於喬的事情了。我也聽見鳥兒吱吱的聲音。有時牠們會拍拍翅膀，從牆上飛出來，停在我的指尖，好像是一朵紅色的火焰。過一會，又飛走了。

「好了，該睡覺了。」喬對牠們說。

她走過來我身旁，遞給我兩個白信封。

我拆開第一封。

那只是一個空白的信封。

第二個信封，我正要拆開的時候，一頭紅鳥飛過來，一口把它銜走了。牠拍動雙翼，在我頭上聒噪。一開口，信封又掉下來。裏面是書上剪下來的幾句中文詩。

蒹葭蒼蒼，白露為霜。
所謂伊人，在水一方。
溯洄從之，道阻且長。
溯游從之，宛在水中央。

我看完了，不明白那是甚麼。

「是這兩天收到的，不知是誰放在我桌上。」她說。

好了，這是她的秘密。是誰放在她桌上呢？這人恐怕沒甚麼惡意，或許是個孤獨而充滿幻想的人，沉默地坐在一旁，看着喬咬筆桿沉思或是談笑，心中有了感動，把她塑成某一個形象。當他在書上看到一些關於感情的字眼，就剪破書頁，斷章取義地寄給他幻想中的對象吧！只是，剪古詩給喬是多荒謬呢。她可以感覺蓮娜朗斯德或珍妮斯伊安的歌詞，中國古詩反而太遙遠了。

「為甚麼告訴我呢？」我問。

她說：「我可以肯定一定不是你，我想你告訴我怎麼辦。還有，你是書蟲，可以告訴我那幾句話是甚麼意思。」

她打一個呵欠，反過右手用手背蓋着嘴，然後又不好意思地笑笑。她揮手時牽起背後牆上一群紅鳥。紅鳥環繞我們飛舞，仿如黃昏歸巢的光景。

她抱膝坐在地上，垂下頭去，雙分的頭髮間露出柔和的頸背。我不知她是不是在聽。我自己坐在一個五角形的紅色矮几上，四周全是紅色奇形怪狀的東西。在這樣一種氣氛裏解釋不知是誰所引的一段詩經，顯得這麼困難。天色漸晚了，屋裏的紅色東西都變得暗淡了。鳥兒亂飛，有時丟下一兩個紅色的蛋在紙上。她有點心不在焉，站起來說：

「我該怎麼辦？」

但我隱約覺得，她也不是很擔心。也許起先有點驚詫，後來想了解那訊息。但這首詩對她太遙遠。她沒有甚麼感受。「我該怎麼辦？」她又說，但又不像要求一個答案。

她站起來，向鳥兒伸出雙臂，像一個孩子回到熟悉的玩具間。她帶牠們回到牆邊，把牠們掛上去。她輕輕唱起歌來，像是催眠曲一類的調子，是一種我不懂得的語文，也許是鳥的語言吧。她又喃喃地低聲跟牠們說話，替一隻小鳥找回牠的母親，或是阻止另一頭不斷打筋斗的傻鳥。她在牠們之間，舒展自如。室內的光線漸漸地暗了。

窗外一幅暗紅色變成黑色。她沒有扭開燈，只是坐在牆角那兒，輕輕地唱歌。鳥兒一隻一隻閉上眼睛。她也閉上眼睛。

有一會，我以為她睡着了。我輕聲說：「你睡吧，我走了。」

睛。

　　她很快就睜開眼，說：「不，你再坐一會，陪陪我。」然後又閉上眼睛。

　　我坐在這兒，看着她坐在牆角，穿一身白衣，長髮無力地垂下來，擱在扶手的右臂托着垂下的頭，看來那麼疲倦，跟我們平常在公司見慣那個有說有笑的女子，好像是不同的兩個人。

二

剛走進你家，你母親就說：「瑤出去了，還沒有回來。」她前面擺滿珠子，一個個截半的白色紙皮硬盒盛着珠子，一個深藍、一個深棕、一個棗紅、還有土黃和別的顏色。她手上的針像鳥兒覓食一樣在這些盒子之間巡逡，來回啄食相同的穀粒。她捋着線，把彩色珠子拉到黑線盡頭，擔憂地說：「她這幾天都是這樣，大清早就出去了，不知到哪裏去。」

你大姊還未放學，小弟出去玩了。而你父親，穿着一套粗布間條睡衣坐在電視機前，這時也回過頭來。就像往常一樣，我聽不懂他說甚麼，但從他樸實的臉上，我感到他也正在擔心。所以我就點點頭，作一個手勢，勸他不要憂心了。

屋裏很凌亂也很熟悉。屋角神台上有燈火，櫃頂和桌面堆滿報紙和舊雜誌，小弟的功課翻開，上面壓着膠碟，碟裏放着半隻雞蛋，蛋黃碎屑混雜蛋殼，還有點點黑色瓜子殼。你父親正在跟母親說話，也許在談你，有時他喉中傳來「赫赫」的空洞迴響，然後吃力地把痰吐在痰盂裏。過一會他又扶着拐杖，站起來，蹣跚走往牆邊拿毛巾抹臉。他背着我坐，我只看見淡藍色㷫光幕下面灰白的頭髮，看不見他的臉容。我看着他的背影，想起那次和你大姊陪他去討賠償金；大姊專心摻扶他，當他下小巴不經意碰着了頭，她就很緊張，看他有沒有甚麼事，還說：「一會不要坐小巴了，坐電車吧。」她一直都很關心父母，現在他們這樣擔心一定令她難受吧。

我在大姊的碌架床邊坐下來。床邊桌上靠牆放着她心愛的舊俄小說、沈從文的著作，還有她興趣範圍內的哲學和科學書。另一邊你的桌上放着幾本舊詩詞，一本《山窗小品》，還有一本《青春之歌》，一本吳凡版畫的選集。這些書攤開了，或是翻開覆在桌上。我拿起來，結果只是撣撣上面的灰塵。（這真不像你，你最喜歡整潔的了。）桌上有一叠白紙，還有刀和許多管筆。一塊油板擱在桌旁。我隨手拿起那叠白紙，裏面卻掉下一幅剪紙。是你一幅未完成的剪紙吧？鏤的是一張臉孔，但只是一個輪廓，沒有眼睛、嘴巴和鼻子，我不知你想刻的是甚麼。

近月來，你總是悒悒的。我們都料不到你出來教書不過兩個月就憤而辭職了。我知道你覺得同事很庸俗，對學生也失望了。但真正的詳情我卻不知道。只見你默默坐在家裏，許多時我不知你在想甚麼。往日我們來到你家裏，找你和大姊出去散步，都是自然不過的一回事，但近來你的話愈來愈少，仍然招呼我，心裏卻像想着別的事；仍然跟我說話，但卻像有些重要的事，並沒有告訴我。當我和大姊兩個老朋友並肩坐在床沿，一邊剝花生一邊天南地北談話，當她正在談學生的問題，我偶然回過頭來，看見你的眼睛望向遠處，心並不在這裏。然後，突然，好像不知誰開罪了你，你霍地站起來，走入廁所，砰一聲把門關上。

不知是不是因為線兒打了結，你母親沒法把針穿過線架上一行彩色珠子。她把針退出來，又在那兒細心解結。那麼細小然而難解的疙瘩，叫人一時不知如何是好。你母親問我知道你是為甚麼嗎？我甚麼也不知道，只好安慰她，說不要緊的。我沒法安坐，站起來，說不如看看你會不會在附近閒逛。我好像是在答應他們設法把你找回去似的。你母親聽了，凝重的臉上浮現一線笑容。

你到底去了哪裏？我走下舊樓的樓梯，走過上環這些樸實的街道，尋找你的影子。那邊一爿中藥店，重重的牌子是重重的陰影：生苡米重疊着胡椒根重疊着桑寄生重疊着北芪頭重疊着雞骨草。賣豆的店鋪裏一包包暹羅紅豆、綠豆、黃豆。沒有一個人影。賣瓜子的分門別類：北瓜、紅瓜、八步瓜，盛在同樣胖墩墩的麻包袋裏。我記得你曾在店鋪前停下，唸着這些古老而陌生的名字，叫我們看這些數十年如一日的店子。

你是在這一區長大的，你熟悉這兒附近的小巷。我們一起散步的時候，你告訴我可以在哪裏吃到潮州水餃，又在哪個大牌檔喝到美味的奶茶。你習慣在一個古老的酒罏旁邊停下來；當你走過玻璃鏡業的舖子，你老早曉得裏面幾面鏡子正同時反映你的幾個倒影。

你現在去了哪裏？不在街頭巷尾。我走進一爿籐器舖，搬開一個籐的五弦琴，聽見一陣琤琮的聲音，一頭籐大象追逐一頭籐猴子、一尾籐鱷魚張口要咬一隻籐青蛙。它們都是淺棕和灰白之間的籐色。籐器互相交纏，變成一面固定的牆。這是一個籐的森林，樹木盤根錯節，枝葉日益濃密，動物的肢體連在一起，交織成一面羅網。單獨一頭貓兒，沒法從裏面闖出來。

我走進一條印章的街道。每個攤檔的人都在石上刻下名字。名字深嵌在石上，帶着深紅色的痕跡，帶着灰塵，成為不可改變的印記。

我走進一條鎖匙的街道，整條街的人都各自打磨一方小小的銅匙，配合一把大鎖。每個人都在埋首工作，鎖匙擦在磨石上，手兒前後推移，頭兒上下擺動。不，你不在這裏。

我走進鳥籠街。那兒全是鳥籠。有些鳥籠有鳥，有些並沒有。有鳥的籠子在鳥兒跳躍時微微晃動，沒有鳥的籠子靜止地垂下。我又走進印模的街道。那些糕餅的模子，有些是一尾魚、有些是金錢龜、有些是蝴蝶，飛翔在兩個捧着壽桃的童子旁邊。這些木質的模子裏雕着生命的圖案，生命嵌在裏面，由溫熱而至冷卻，成形而堅硬。我走過，在這些鳥或鳥籠、圖案或模子中間尋找你。

這些事物，帶着它們陳舊樸實的外貌，當陽光照在高樓的頂端，它們沉沒在不變的陰影裏。時間在外面急步走過，它們凝定不動，帶着它們熟悉的氣味，帶着它們陳舊而美麗的樣貌，千年如一日地生活下去。

我走過，注意到舊牆已經剝落，舊樓逐漸拆去，舊有的秩序開始混亂。而在那邊，冒出一幢新樓的高頂。我走過，看見雜貨店前掛着一把閉合的巨剪，地下滿地廢紙碎屑，彷彿是它剪出來的。在對面，人們因為避凶而掛上八卦。在橫街那兒，有老饕熟悉的魚蛋粉檔，走過一點，有以燒臘聞名的老店。但轉出這些道路，外面大街上已是快餐店林立。如果轉出外面，鬧烘烘的車聲和人聲之間，我就不曉得該到哪兒找你了。我在拆去樓宇的空地盤旁邊停下來，這兒附近原有一所著名的舊式中國茶室，以唐代一位愛茶的人為名，現在已遷往幾條街上面的繁華地區，裝璜成現代化的食肆。我不會去那裏找你的。但我該去哪裏找你？我站在這空置的建築地盤旁邊，四顧滿地破爛的棕色木板，舊樓上面曬滿灰白色的衣裳，一隻鳥兒在鳥籠裏上下跳躍。站在這裏，在這些灰色和棕色之間，我瞥見一閃彩虹。那是一叢彩色羽毛。不，那不是你的衣服，那是一條出售彩色雞毛掃的街道。有孔雀翎，連成一串的鳥毛，更多的是一叢叢彩色的羽毛掃帚：紅色、黃色、橙色，仿如一朵朵大花，仿如一頭頭巨大的彩色母雞，蹲在馬路兩旁。我走過去，在那些彩色羽毛的搖拂之間看見夾縫後遠處的閃動，我可以聽見外面大街的車輛近了，傳來馬達和打樁的聲音。已逐漸接近中環熱鬧的市區，彩色的雞群忽然活轉過來，咯咯啼叫。

汽車響着喇叭駛過去。轉一個彎角，沿路走下去，在面臨大街的那邊，有一個小型遊樂場。這遊樂場遊人已經不多，一副破爛的模樣，部份鐵絲網已經破裂，只差人來拆去幾個陳舊的鞦韆和滑梯、生銹的旋轉盤和搖不動的木馬，就可以重新建上大廈。它旁邊的樓宇都已拆去，空餘滿地石礫。

我走到鐵絲網旁邊，就看見一個人影，在鞦韆架上，正盪得高高的！那是你嗎？穿一身淺綠衣裳，坐在鞦韆架上，舒展雙腿，仿如一株弱草，在風中擺動。你的樣子看來真叫人擔心，你的鞦韆一前一後擺盪，晃高的時候，彷彿要越過前面殘破的鐵絲網飛出去。外面隔着一段行人路，就是車輛穿梭的大街。外面的行人，隔着一段距離，沒有注意你。

你的鞦韆晃高了，更高了。真危險！你在幹甚麼呢？

「瑤！」我在鐵絲網的這邊喊你，但你並沒有回答。我跟你隔得很近，幾乎從鐵絲網的破縫伸手進去，就可以碰到你的鞦韆。但你卻像聽不見似的，仍然在那裏盪。

你的嘴閉得緊緊，一副倔強的神色。你的劉海和耳旁的頭髮飄起來，有時又像小鞭一樣落回臉上。你好像看着前方，但又好像甚麼也沒看。你的手纏在鐵鍊中，每一次盪前，你和鐵鍊和木板一起傳來嘎嘎的聲音。剎那間，你整個人彷彿擺脱鐵鍊的連繫，向前面大街衝出去，叫人吃了一驚。然後你又落下來，盪回後面那些舊樓的風景去。你急劇擺盪在兩者之間，太危險了。

「瑤！」

你聽不見，或許你不想回答。沒有用的。我的聲音，淹沒在那些嘎嘎的聲音裏。

然後，你把頭一仰，腰一折，上身仰躺下來，我彷彿聽見頭髮拍到地上的霍的一聲。你的臉孔朝向天空，隨着鞦韆盪上去，跌下來。當鞦韆跌到最低的一點，你的及肩的頭髮掃過地面了。你這是幹甚麼呢？你柔軟的腦袋離堅硬的地面只有幾吋呵。我的心一陣抽緊，像被人拉起，懸空，再掉下來。

「瑤！危險呀！你在幹甚麼？」

沒有回答。我連忙跑過去，從遊樂場的大門進去。我跑到你身旁，聽見你的呼吸聲，絞入鐵鍊粗重急劇的響聲裏。你的眼睛閉上了，你的臉孔在我眼前跳躍。我看不透你的臉容，不知你在想甚麼，不明白你為甚麼這樣放任地把自己交給一具急劇擺動的鞦韆。你堅決地抿着嘴，我覺得你好像咬緊牙齦，陷入一種無法自拔的熱情中。你根本沒留意，我在這裏喊你：

「瑤……」

我不知道，怎樣才可以把鞦韆停下來……

三

我拼完幾張圖片，坐在高凳上，環顧四周。偌大的版房空空洞洞的，只有遠處影房和植字房還有燈火，他們跟我們一起加班。其他的工作人員，日班的已經放工，夜班的要午夜才回來。我捺熄桌下的燈，乳白色的玻璃桌面便變成一團朦朧的灰藍色。圖片的菲林底片只見一團森黑，文字也模糊了。望向門口，喬還未下來，林和黃也還未回來。只見白色紙屑扔了滿地。

昨天喬從手提包拿出個白信封遞給我說：「我又收到一封。」我打開信封，裏面又是從書中剪下的一節詩：

這一個心跳的日子終於來臨。
你夜的嘆息似的漸近的足音
我聽得清不是林葉和夜風私語，
麋鹿馳過苔徑細碎的蹄聲。
告訴我，用你銀鈴的歌聲告訴我

喬望着咖啡店中央用巧格力堆起來的巨大的復活蛋，它披着金銀綵帶，又有綠茸茸的縐紙。旁邊幾隻小復活蛋裏有黃毛小雞，黑色的小眼睛靈活如生望着人。蛋旁堆滿一包包裹着彩紙繫上綢帶的禮物。喬笑道：「你說那些禮包裏是放着東西的，還是光是用來裝飾的空盒子？」不待我回答，她又說：「我喜歡禮物。一包包漂亮的禮物，有節日誇張的顏色。我喜歡送禮物和接受禮物的感覺。你知道嗎？甚麼禮物沒有關係，主要是那種感覺。」

她見我仍在看詩，便停下來，說：「可是我感覺不到它。我不明白，為甚麼有人要寄這樣的信給我。」

我想我明白她說的是甚麼。她把頭貼近噴着白色天使圖案的玻璃窗，說着對面公園的花草，還有路旁嬉戲的可愛的異國小童。

我看出窗外，卻看見一個頭戴黃盔的修路工人，一個托着麻包袋走過的男子。她說：「看那邊，那個穿着一襲長袍的女子，好像是中世紀畫作裏的人物。那個穿得很少的女子，像是從聖杜貝海灘跑出來的……。我在這兒，感到像是坐在巴黎路邊咖啡室裏。」她看到那些新鮮與奇異的，她的想像力四處馳騁，天馬行空。於是，牆上的凱旋門黑白照片有了顏色，在太陽下閃閃生光。小雞掙開巧格力的硬殼，吱吱唧唧哼着小調，牠們鑽入枱底，啄食地板的蚯蚓，圍在我們腳旁，讓我們感到絨毛的溫暖。少女們尖叫與大笑，提琴師走到你背後，讓琴弓發出溫柔的呻吟，香檳的白泡像瀑布流下，仿如一部六〇年代的法國電影。那三〇年代的新詩句子，在那裏左拐右轉迷了路。「夜的歎息……」她從手提包裏拿出個銀色打火機，「林葉和夜風私語……」點起藍色煙包裏拿出來的法國煙，「麋鹿的蹄聲……」她持煙的姿勢既幼嫩又熟練，「銀鈴的歌聲……」我看見她眼眶周圍有閃爍的粉末，「年輕的神……」我不知那是甚麼化粧。

「為甚麼要說『神』呢？」她搖搖頭。

她從一個瓶子裏倒出兩顆紅色的藥丸，和水吞掉了。我說：「你不舒服？」她又搖搖頭。「我不喜歡這樣的字眼。」她說，捧起腳旁一頭小雞，拿方糖餵牠。她揚起手，跟窗外一個持着巨大白色J字走過的男子打招呼。當鋼琴的聲音揚起，她不理會別人的調子，輕聲哼起自己的歌謠：

在我們的愛失落之前你說：
「我永恆如一顆北方的星子。」
而我說：「永恆地在黑暗中，那是在哪裏？」
如果你要找我。我不過是在酒館裏吧了。

她輕輕地唱，笑笑，說：「那天我聽到一首歌裏有這麼幾句。」她接回我手中的信，把那首詩放回白色的信封裏。「我不明白。」她說：「這個發信人想說甚麼。」

在窗旁，在噴出的煙圈旁邊，這人或許正在呼叫。他也許是開玩笑，也許是真誠的。在這個化粧舞會裏，他塗上古老的脂粉。他借別人的模子，表達他的感情。他退在別人的面具背後，或許那是一個不大適合的面具。像京劇的臉譜，不同的臉譜，勾眉和眼窩，對喬來說，毫無意義。喬有一點不安。但我想這人對她不會怎樣，一些剪出來的紙張怎能傷害她呢？

當然，喬的想像並沒有休止，她的話並不滯止在一點，繼續舒展。她說到天氣回暖的氣氛、那種年青的感覺，那種在大大的天空底下舒伸雙臂的舒服。我們在座位裏舒伸，白色的蝴蝶飛舞，生命的色士風嗚叫，一株樹像一具紅色的動態雕刻，竭力在空虛中保持平衡。逐漸的，舞蹈的擺盪到了盡頭，樂音在高潮後沉寂，裊裊白煙變得稀薄，漸漸散去，沉澱在窗玻璃旁邊，變成裝飾的白色粉末和圖案天使，濛濛一片，看不清楚外面的景物了。

灰藍色的玻璃桌面上掠過一抹影子，我抬起頭來，偌大的版房仍是空空洞洞的。白色的人影站在我面前。她今天穿一件白色短袖裙子，上面有橙色圖畫和黃色花朵，叫人感到天氣和暖起來了。她把插畫遞給我，說：「畫好了。」

畫稿上留有字位，我貼上「初夏新裝特輯」的題目，寫了縮影的尺寸，送進影房，回來的時候她還在那裏。

「還要留下來？」她問。

「還有十六版——字還未植好。」

她問其他人，我說他們出去吃飯了。她略一遲疑，又從畫簿裏拿出夾着的一個白信封。這類白色信封，現在我一看就感到熟悉不過，它變成我們之間的秘密。發信者、她和我三人，輪流觀看這模糊的訊息，曖昧的面具：

輕渺，盈盈笑靨，稱嬌面，愛學宮妝新巧。
幾度醉吟，獨倚欄桿黃昏後，月籠疏影橫斜照。
更莫待，笛聲吹老，便須折取歸來，膽瓶插了。

她坐在桌旁，手擱在桌邊，又隨手捺開燈掣。玻璃桌面映出亮光。她手臂抵着桌面，托着下顎，俯首望向桌面不透明玻璃內那些隱約的雲絮光暈；光映在她臉上，是一種淺的藍白色。她的長髮束起在後面。空氣中有夏日的溫熱。她自言自語：「我的鸚鵡病了，不願吃東西。」

過了一會，她說：「我不知道發信的是誰。」她看來有點發愁。她說愈來愈感到不自在，這樣每隔三四個星期，就有一個白色信封放在她桌面，裏面一節不同形式的中文詩詞，彷彿要向現實生活裏的她說點甚麼，但即使經過解釋，她也覺得那些詩顯然並不適合她。她說她開始感到，像是有一個人一直站在旁邊，把她看成她不是的樣子，像是一個幻象或甚麼的，這使她很不開心。到底是甚麼一回事呢？她說她母親回來又走了。而昨天，她在窗旁跟螞蟻玩了一個下午。「真是無聊，是不是？」她輕輕地說。不過到了晚上，卻作了一個惡夢，夢見渾身爬滿螞蟻，趕也趕不走，洗也洗不掉，把她嚇醒過來，所以昨晚根本就沒有好好睡過。病了的鸚鵡，不知該讓牠吃點甚麼？面對那頭喪氣的鳥兒，真是傷腦筋。

她隨手開關桌面的燈掣，那白色玻璃的眼睛一眨一眨，忽明忽暗。她把信放回信封裏，環顧四周，說這就像有個人躲在背後陰暗的角落裏，當她回轉身呼喊，那人也不會現身出來，好好地面對面談話，這使她很害怕。

「他們回來了。」我說。她回過頭去，看見林和黃，還有體育雜誌的馬和菊，正從版房的大門進來。她說：「我也得走了，我約了人吃飯。」

林說：「好了，又多了一個幫手。」喬笑道：「今晚不行，我約了人吃飯。」馬說：「哈，人家約了男朋友。」喬笑起來，她在人群中，又回復了笑容。黃正把買回來的紙杯咖啡分給大家，失手倒瀉一杯。菊替他張羅找抹布。

喬說：「謝謝，我不要了。」黃說：「不要緊，我買多了幾杯，這兒——你的。」喬接過了，說：「黃真好。」

她幫忙把咖啡遞給那邊桌子只穿一件運動衣的馬，說：「馬真壯。」馬笑道：「我們搞體育的人嘛。」

黃忽然認真地說：「喬，你近來的臉色不大好！」他的語氣，把我嚇了一跳。喬說：「是呀，我昨天簡直沒睡。作惡夢！那些螞蟻……」她把那個螞蟻的惡夢告訴他們。馬開玩笑地解釋螞蟻的象徵，黃嚴肅地搖頭叫她注意健康，而一直低頭工作的林，也插嘴向她推薦用中國藥材煮湯。黃說：「林就是熟悉這一套！」馬在那邊探頭看看，說：「嘩！我們還未開始，林已經拼好半版了。林真是勤力。」喬附和着說：「林是最專心的了！」這時菊拿着影房弄好的菲林和字稿回來。喬把桌上的咖啡遞給她，笑道：「你今天的裙子真漂亮。」菊說：「哪裏！你的才漂亮呢！——是畫是不是？」

這樣說，我才注意到，喬裙子上黃色和橙色的圖案，原來是梵高的畫作：燦爛的黃色向日葵、海灘上寂寞的破船、無人的教堂和吊橋，一小幅一小幅印在白色上，就這樣看來，還以為不過是一般花布圖案。那些用粗重筆觸熱情繪就的柏樹與稻田，看來變成了裝飾。

喬喝過咖啡走了，菊還在那兒讚美她平日的衣着。那對我來說，是完全陌生的一回事，所謂「詩韻」的衣服，「康士丹頓」腕錶，「都膨」打火機，甚麼皮埃卡頓、伊夫聖羅蘭、華倫天奴、卡地亞等等，對我來說，簡直比火星還要遙遠。但由菊說來，牌子似乎代表了一種身份，她所讀的雜誌小說和報刊雜文，肯定了這個意義。不過喬的裝扮，離開了她私人內行的圈子，其他人就欣賞不到了。這麼多華美的裝扮，落空了，正如向無人的曠野唱一闋情歌。「我只看見顏色吧了！」我感慨地說。菊搖搖頭，笑道：「當然了，你是我所見衣着最隨便的男人。」

我剔去照片菲林的黑邊，把它們貼在圖位上。喬繪的模特兒，總帶着一點外國女郎的模樣，有點像《時尚》或《十七歲》上的插畫。這一組圖片，原來是找人攝影的，但找的那兩個香港模特兒，穿上這批外國夏裝，總有點不對勁，拍出來的照片，有點呆呆的，老闆不喜歡，結果就改用畫了。

林說：「喬的畫有職業水準。」黃舉起另一張菲林，說：「很有韻味。」馬說：「她的好處是快，在這兒這種大機構工作，好壞不要緊，最要緊是趕。」菊說：「喬真是多彩多姿！」不知是指她的插畫還是她的生活。他們望向桌旁的空位，彷彿看見超越現實生活壓力的、一個現代的幻象。

林問黃：「這兒植字稿比字位長了，怎麼辦？」黃看了看，說：「趕時間，不要移位，刪去這段算了。」林說：「可以嗎？」黃說：「這類星座的東西，誰會認真看？多一個少一個星座，沒人理會的。」馬接口說：「你們曉得嗎，有一回我拼好了版，才發覺在一段稿後面有幾百字空位。沒有圖片可以塞位，結果隨便找份婦女雜誌剪一段下來，塞在文後，結果誰也沒發覺有甚麼不妥！」他呵呵大笑起來。誰也沒發覺，球星生活和婦女美容的兩段文字之間，有甚麼不連貫的地方。「所以，」他下一個結論，「你只要不留下空間就是了。反正老闆是外國人，他並不懂中文。中文版的雜誌，他只要圖片多，內容有沒有意思不要緊，只要不觸犯法例就可以了。」他揮動剪刀。是不是他在那邊桌上，現在也正在大剪特剪，這裏剪一段，那裏剪一段，湊起來交差算數？

「何必太賣力呢！你盡力去做，人家反而以為你有甚麼企圖，設法在背後中傷你了。」馬笑得有點辛酸，黃點頭同意。他們繼續揮動剪刀，像街邊一個賣牛雜的小販，剪下一小塊一小塊牛肝，牛肺、牛腸，他剪下白色膠杯、桌腳或是炎熱天氣中發癢的頭髮；他剪下泥濘、蟑螂或是牆角的洞窟；他剪下星座、信箱、時裝、飾物、藝員、秘聞；他剪下體育、花絮、電影、廣告；他剪下泳裝、三溫暖、聯誼會所；他剪下男女信箱的紙薄的溫情、粵語流行曲的哲學、星座的宗教和電視銀光的靈視。

「在紅色的地氈上面，柔和的燭光搖曳，白衣的僕歐端上銀色的器皿……」（「這傢伙，不知是不是收了別人的錢！」）「她說她喜歡閱讀文藝小說，聽古典音樂。」（「你發覺嗎？每一個純情女星都說自己閒時喜歡小說和音樂。」）「這部電影可說是一部劃時代的史詩！」（「昨天晚上在翠園請客的菜式一定不錯。」）「所有優秀腦袋已進入這最具刺激性的媒介。」（「這人一定是想在電視謀出路。」）「昨天收到一封信，談起拙作……」（「又在做廣告了。」）

所有的文字和圖片擠成一團，塞在這狹小的版面上。菲林上滿是污漬，需要刮淨或是填黑。皺了，有了摺紋，有些字體錯了，有些缺去，有些整幅倒轉。我們圍在這一張玻璃桌面旁邊，每人手持𠛾刀，剪刀、膠紙或是其他甚麼古怪東西，但也無能為力。馬窺進那些菲林中，對那些文字大加揶揄，樂在其中。

我最先進來工作的時候，對這些事情感到不慣。學院的訓練，叫我相信文字。但在加班的疲倦的夜晚，版房空洞的嗡嗡聲中，肘旁是倒翻了的咖啡的污漬，人們的刪刀不分皂白劃過字裏行間，加上一點滑稽的語氣，很容易就會覺得：文字可能是偽裝的丑角，抹上一層脂粉，又抹上一層脂粉，沒有真正面目。

當馬拿起一篇文字，怪裏怪氣唸一遍，總惹得我們大笑起來。他讓我們看到文字背後的暖昧，使我們不相信文字。文字失去它的意義，變成另有隱藏的私人目的，變成跟原意相反的東西。文字完全失了信用，它成了廣告牌子，手上戴着的腕鍊，成了萬花筒的色彩，美麗而無意義的碎片。

黃伸手一撥，把桌面刪出來的碎片，撥到地面去，它們紛紛散落，變成塵埃。他粗暴地抓起用過的字稿，把它們搓成一團。一面對埋首工作的林說：「不用那麼認真，馬馬虎虎可以了。」林沒有說甚麼。馬執起一張我們刊物的版樣，繼續朗誦。

「這部機可以作十五種不同的混音操控，本身有四種音源，包括咪高峰、收音、錄音和備用訊號，能夠即時混音由揚音器播出或者將混音效果錄音……」「我是一個敢愛敢恨的人……」「在星期六第五班四場賽事中，這個馬房又有幾匹馬應加以特別留意……」「《故夢》是我所看過的最甜的電影……」「醫治糖尿病的特效藥……」

馬一口氣讀下去，把這份通俗刊物上各種不同的文字混在一起，用一種滑稽的聲調朗誦出來，有時，更加上一兩句評語。唱着「看流水，倍陶醉」和「今朝等到依家」之間，他又滔滔而談。他的諷刺不無刻薄的地方，起先我是不習慣的，好像是說我們這樣每日的工作，不過是在拼貼一些垃圾。但他的諷刺裏也有痛快的東西。我拿着剩刀工作，往往因為聽他的，不禁停下手來。

「周潤發又有羅曼史……」「大導演一年一度精心製作……」「狄波拉昨日闢謠……」。「女孩子為了美容，受一點苦算得甚麼……」「姊妹們，千萬留意你的丈夫……」「愛情像雲霧一樣……呀，我們來到這才女藝員的專欄，好了，是甚麼雲呢？是輻射雲吧……」

我們曉得又有一場爭辯要來了。那是黃約回來的一個電視女藝員所寫的專欄，黃總是把她稱為「才女」，說她寫感情寫得不錯。馬也照樣複述這句話，卻是帶着嘲諷。他從不放過揶揄的機會，黃就會像現在那樣，說：「你為甚麼總是針對她？」

當他們埋怨工作辛勞，說做事不必太認真的時候，他們是一致的。但在這些事情上，就顯出了分歧。馬當然並不是針對她，他不是針對任何人。他只要取笑一切，嚴重起來就對用文字寫出來的都不信任了。相反，黃則是個讀點書又寫點東西的人，他喜歡羅蘭、曉風的散文，喜歡葉珊而不喜歡楊牧、看星期日的籌款藝術早場，也看洛麥古according坭，赫塞；而馬則喜歡漫畫、《神探女嬌娃》以及英國足球大賽。

馬沒有堅持爭論，聳聳肩，笑起來，煞有介事引吭高歌，把我們都惹得笑起來了：

千般相思似毛毛雨
抑鬱苦惱一於作首詩
寫遍艷麗言詞合妳意，
藉以表心癡。

那些傷感陳俗的句子，被他笑嘻嘻唱出來，變成一種反嘲。他皺起眉頭，好像無限苦惱，他愈是裝模作樣，愈是叫我們發笑。菊說：「馬真是個開心果。」她看黃一眼，又說：「但你也不要常常挖苦那個專欄，人家也寫得不錯呀。」

黃失去了爭辯的對象，轉過去對林說：「不用校對得那麼仔細了，做另一版吧。不然做到半夜還做不完。」林說：「你們先走吧，我留下來『埋尾』好了。」

馬又開腔了，「我看你們真慘。整份刊物有幾百樣人，每次加班都是只得你們三個。」

「比如你，」他轉過頭來對我說：「你是出版部的美術編輯，為甚麼這份週刊每次加班都要找你？」為甚麼？我可沒想到這個問題。是甚麼時候，由誰開始指派的？我開始回想了。剛才我一直還是旁觀者，在旁看着這齣鬧劇，一下子，我捲入戲中，與劇情發生了關係，於是我開始反省自己的角色，思索台辭。

馬辭鋒一轉，又放過了我，轉向黃：「而老熊他又做甚麼呢？只是每星期寫一段電視劇的劇情大綱，弄弄節目表，而他每日八小時坐在那裏……」

一眨眼，我們的玻璃桌面上，坐着一個瘦小的傢伙。「他是經理的人，老闆不懂中文，所以由他居中傳達。」黃說。這人顯得很辛勞地從一疊電視台油印的故事大綱那兒抄着於是美霞發覺自己患了絕症為了犧牲自己她決定離開志強。「所以他就自己沒有能力又要弄權，給上頭打小報告？」馬說。一眨眼你發覺這人不在了但留下一件外衣。「出來做事，哪個機構不是這樣？外國機構還算好的了。」黃說。一眨眼你看見這人捧着十公斤的報紙從洗手間出來。「有甚麼好？」馬說。一眨眼這人帶着笑臉進入外國老闆的房間。「至少設備好一點，薪金好一點，制度好一點。」黃說。一眨眼這人站在這人或那人的背後。「外國職員的待遇才好吧了！」馬說。一眨眼這人正在說某個電視藝員的身段。「外國機構比較公正，福利比較好，」黃說。一眨眼這人翻開學生字典教訓某人「渡」字古寫作「度」。「有甚麼公正呢？還不是一樣有人事關係，有黨派。又有甚麼福利？我們和外國職員的待遇是不同的。總之是中西夾雜，但卻混合了兩邊的缺點！」馬說。然後一眨眼一星期後這人交出那段抄了一星期的幾百字結果美霞與志強黃昏時在海灘重逢。

我坐在這兒，把頭轉往左邊又轉往右邊，轉得脖子也累了。黃對外國機構還存有幻想，馬卻哈哈大笑，拍拍那張看來光滑的玻璃桌面，從下面趕出一大群老鼠、蟑螂、螞蟻、爬蟲、蜈蚣、蚯蚓，牠們四處奔跑，踐踏着那些扔在地面的零落的廢紙，傳來急促的窸窣的聲音。

菊嘎嘎作笑，林翻動玻璃膠片，霍霍作響。我呢？我開始細想這些事情。他們都比我先來一兩年，相對之下，我還是一名新丁。我拼完一版圖片，幫林校稿，那篇專欄的作者說她曾經滄海，覺得這世界沒有真正愛情。這篇文字不是前兩日在日報上見過？

「我們弄好了，你也可以走了嗎？」菊問黃。

「好了，你弄好便放進裏面的桌上吧，」黃對林說。他們收拾東西，準備離去。馬伸展雙臂，長長地打個呵欠。菊走過來，幫忙黃疊好已拼的版。我想我反正沒有甚麼事，可以幫林弄完最後一版才走。

「走了！」他們歡呼一聲，連跑帶跳離去。馬放開喉嚨，唱着流行的歌謠：

我地呢班打工仔
一生一世為錢幣做奴隸

在空寂的版房裏，這聲音特別響亮，不知怎的聽來有點刺耳。

等他出了大門，還隱約聽見從外面長廊傳來的破碎的片段：「為兩餐乜都肯制前世……」

「燈壞了！」林說。我回過頭來，看見玻璃桌面一閃一閃的，下面的燈壞了，一眨一眨閃着白光。

我繼續校完最後一段，白光閃得眼睛很不舒服。那篇文字說武俠小說的價值不亞於世界名著，只有自命高級的知識份子才不去讀它。我停下來想想。林在旁邊繼續工作，不斷剟字，沒有停手。白光閃動使眼睛很不舒服，林卻沒有抱怨，默默做事。我感到有點熱，有點累，想喝一口咖啡，卻發覺已經冷了。

我抹抹額上的汗，把垂下的頭髮撥回去。我想洗頭，洗澡，睡覺。壞了燈閃着光的桌面上散滿破碎的散字，東歪西倒，沒有秩序也沒有意義。有些黏在桌邊，有些黏在手上，有些掉到地上去。一絲絲的紅膠紙零落地黏在這裏那裏，在我們的手肘上，像一個個傷疤，林問：「甚麼事？」我說：「沒事。」又繼續校對。版樣後桌面白光閃動，看久了眼睛十分疲累。

我用手去拍桌的邊緣，它發出「蓬蓬」的聲響；我把燈開開關關，這都沒有用，沒法把它矯正。我只好趕快。字都校好了，但這篇文字，是不是已在報上刊過呢？我問林。

他看了看，說算了。多一事不如少一事，然後他說，這是個是非最多的圈子。

「你以前做甚麼呢？」我問。

他說他最先偷渡出來的時候，做過地盤工人，花王，書局的售貨員，報館校對，認識了現在的老總，介紹他到這裏來做老熊的幫手。

他又說，這個圈子是最難做的……他好像想說甚麼，又低下頭去，沉默了。

我仍在這裏固執地拍着桌的邊緣，只傳來暗啞的「蓬蓬」的回聲。他的側臉是一筆粗拙的線條，顴骨微微突起，面容樸實。他說話的時候帶一點鄉音。他也說笑，但話不很多。有時，馬拿着一張賽馬貼士的日報，摺成幾折，在上面用紅筆圈了幾個數字，遞到他前面，說：「要不要來五塊錢？」

他就會遲遲疑疑的，終於伸手進口袋裏掏錢，一面裂開嘴巴笑道：

「碰碰運氣也好！」

此外他總是默默地工作，像現在這樣，做完了又細心再看一遍，然後叠好版樣，拿進裏面的桌上放好。

我收拾桌面的工具，熄去壞了的桌燈。環顧四周，偌大的版房空空洞洞的。遠處影房和植字房已沒有燈光，他們都離去了。滿地盡是廢紙屑，在牆角垃圾桶那兒，堆着一大堆廢紙，我認出是上星期的雜誌。

四

來到你家樓下，已經是傍晚了。你大姐站在樓下買橙。我問：「瑤怎樣？」她說：「今早開始，她就坐在那兒剪紙，不吃飯，不説話。我們問她甚麼事，她也不回答。」她又説：「剛才我拉她出來散步，她剛上去。」

走進你家，我發覺出奇的安靜。大家都在，但沒人説話。我一下子看見你坐在床沿，俯首就着床邊的桌子剪紙。我叫你：「瑤！」你沒有抬頭；我在你旁邊坐下，你也沒有回過頭來看我。旁邊的舊唱機上擱着一張黑色唱片，沒有收好。不知是你大姊還是你聽過的。

我環顧四周。電視機關上了，它瞪着空洞黝藍的眼睛。你父親穿着短袖的白汗衫，躺在一張帆布椅上，右手一下一下輕輕拍着前額，眼望天花板。當我喚你，我感到他抬起頭來望我們一眼，然後又垂下頭去。他好像説了句話，但我聽不清楚那是甚麼，室內又再靜下來。只有他拍着前額的「啪啪」的聲音，還有就是穿珠的沙沙聲。他扭過頭，沒有再説話了。

在你桌上放着一個油盤，畫稿和顏色紙釘好，放在油板上。在畫稿邊緣，還有在畫稿的刀刻的紙縫後面，可以看見紅色的色紙。你一手按紙，一手持刀。你的刻刀握得很直，眼睛凝視着刀端，整個人全神貫注看着那上面。

你刻的是甚麼呢？在油盤的旁邊，我看見一頭熊貓、還有一頭小鹿。它們都是紅色，還未貼在白紙上。是你剛完成的吧？我不知道它們刻得好不好，我只是覺得好像還未完成，熊貓身上的毛像是尖刺，而頭上隆起的耳朵像一個角，鹿的頸子又太長了。你整天就是坐在這兒，刻一些你從未見過的小動物、憑空塑造牠們的樣子？

我看你正在刻的畫稿。那是一隻鳳鳥吧？在一朵花上面，一隻張開羽毛的大鳥。你筆直地握着那管刀，專心追隨畫稿上淡淡的鉛筆線，刀拔起來又切下去，一刀一刀，不停緩緩地移前去。

但是，我看見你的刀常常刻到線的裏面或外面。有時你好像看不見那太淡的線，所以就停下來發呆；有時你把羽毛上的小圓點鏤方，有時你笨拙的刀子把犬牙交錯的尖刺弄鈍，有時又把太纖幼的一根線剕斷了。你吃力地移動刀子，卻沒法準確地捕捉白紙上那淡淡的影子。

你手指夾着刀，包着刻刀的布已陳舊而發黃了。你已放下了一段日子，不曉得現在為甚麼會再拾起這工具？桌面放着淩亂的紙張，上面有鉛筆的草圖，畫着麒麟、獅子、松鶴或是雙魚，有些只是草草幾筆，有些塗污，有些又撕破了。

有人拍拍我肩膀，我回過頭去。「我返夜校了，你等我回來。」大姊說。我點點頭。

我看看你，你的背影看來那麼單薄，你的雙肩那麼瘦削。我看見你伏下頭，把頭埋在臂彎裏，你的手肘挪動時輾過油盤上的畫稿，使它摺出一道皺紋。你的黑髮輕輕起伏。

「甚麼事呢？瑤。」我問你。

你抬起頭坐好。當我望向你，我發覺你的眼睛好像濕潤了，反映着昏黃的燈光。

「沒有事。」你平靜地回答。然後你加上一句：「我……我要趕着工作。」

於是你又握着刻刀，沿着一道線，慢慢地由上而下一刀一刀刻下來。

在你身旁，我看見桌面玻璃下，在你手肘附近，新壓着一段好像報刊上剪下來的文字：

「他拿着剪刀，神態安閒。他沿着畫稿上的圖線，由左上往右下慢慢地剪成一個圓圈。」

但你趕甚麼呢？這不是你的工作，也沒有人托你替他們剪一些花款，你為甚麼這樣做？我並不知道。不過從你專心的神態，從你認真的臉容中，我可以感到你的感情，洶湧地從刀尖匯入紙上，留在那些笨拙錯誤的剪紙的痕跡間。

我看着剪紙再看你，然後又用注視着你的敏感臉孔的眼光看桌上完成的那幾張脆弱的剪紙。那些你從未見過在幻想中創造出來的熊貓和小鹿，造型粗拙而失真，但現在當我細看，也見到一種簡樸素雅的味道。

你在按平剛才不經意弄起的皺紋。那裏有一橫陰影，是阻刀的凹溝，卻怎也沒法捺平。你小心翼翼，一刀一刀刻下去。

圖畫刻了一半，圖中那隻鳳鳥，一半露出紅色的紙邊，一半還是朦朧的線條，而你又停下來了。

你抿着嘴。用另一隻手的手指碰碰刀鋒。

「……他在幼的磨石上磨刀鋒。磨了一面，又磨另一面。」手肘擋去了幾個字，下面是：「看着那閃閃的刀鋒。」

「這是誰的訪問？」

「唐。」你說。

「唐是誰？」

你沒有回答。過了一會，你放下刀，換過一張畫稿，這新的白紙上用鉛筆畫了幅草圖：一個清癯的中年人，穿一襲棉袍，似乎帶一副金邊眼鏡。

怎麼我沒見過他呢？「他是誰？現在在哪裏？」

「沙田。」你說的時候似乎帶着一個很淡的笑容。

沙田？華也住在沙田。最先看到你的剪紙，是訪問華那一回。那是三年、還是四年前？總之是中國民間藝術逐漸在香港這地方重新流行起來那一陣子。在書店裏，一疊疊剪紙、木雕、泥塑、燈彩、石灣陶瓷等的彩色畫片，起先是形跡可疑地，然後是明顯地增多起來了。我們一些朋友的書架上，加謬的《墮落》旁邊早已放着香港翻版的《魚目集》，這時又添上翻印的談漢畫和敦煌的小書，考古和出土文物的圖片。裝飾在牆上的比亞茲萊的黑白線條畫除下了，撣撣灰塵捲起來，換上翻印的李可染的牧童與牛，程十髮彩裙飄舞的撒尼姑娘，書架上的荷蘭木屐和水晶球移開，放上一兩個小巧的泥人。我記得那氣氛。那時搞藝術的朋友逐漸沒有那麼熱衷搞硬邊和普普，開始説甚麼鄉土趣味，到上環的紙鋪去搜尋年畫剪紙、甚至符籙，天真地以為從這片面零碎的搜集中可以捕捉到中國藝術的精神。新年時，雜誌都介紹年畫和剪紙。我們替一份刊物做訪問，原來想訪井淼談剪紙，可惜聯絡不上，從來就有人説：過去有一位粵語片演員，也是擅長剪紙的，只是粵語片衰落以後，改行從事出入口生意，沒有演戲，也不知到哪裏去找他了。後來知道你大姊過去搞話劇時跟他認識，我們就找你們一起去訪問了。

華跟你畫的唐的樣子不同。他比較粗壯，沒帶眼鏡。他説話時很嚴肅。我記得他聲音有點沙啞。當年輕的惠蘭問他為甚麼喜歡剪紙，他就説：從前在家鄉，每逢過年過節，或是做喜事的時候，大家都用紅紙剪了圖案，貼在窗戶或牆壁，有時貼在賀禮上面。在婚禮中，連新郎的鞋面都會貼上剪紙呢。哦——當時大家就都讚歎了。因為我們對那些風俗，是一點也不認識的，就這樣聽來，感到十分新奇。只有你和大姊，我看見，安靜坐在一旁，溫婉地微笑着。這些話，你們一定以前就聽過了。

當華說：「從前在鄉下，我每次過年過節都忙着剪紙。」當惠蘭他們吵着要他表演剪紙給我們看，大家一窩蜂湧進他的書房圍在他桌前的時候，我看見，你大姊也只是安靜站在一旁，看他選一張畫了草圖的畫稿，選兩張不同的色紙，回答他問她的意見。而當其他人看到那種種不同的刻刀、磨石和油板，大驚小怪地問着：「這是甚麼？」的時候，她甚麼也沒說，只是幫忙把東西移開，把工具放好。

我看見她安靜地站在那裏，看他刻紙。他握着刻刀，沿着畫稿上的圓線，由左上往右下慢慢地一刀一刀刻。

他刻得很慢。大家逐漸才發覺，刻一張紙需要這麼久的時間。有些人還滿懷興趣地看下去，欣賞他細緻的刀法，有些人卻踱開去看櫃上的擺設了。

他桌上有兩塊磨石，他停下來，先在粗的磨石上、然後在幼的磨石上磨刀鋒。磨了一面，又磨另一面。我們可以看見那閃閃的刀鋒。他工作的時候很沉默，只有刀刻在紙上的沙沙的聲音。逐漸又多幾個人不耐煩，發覺剪紙原來不是即時的魔術而是連綿的工作，他們踱開去，老實不客氣地在那邊的沙發上坐下，抽出書櫃裏的書本和雜誌看起來。

他刻了許久，比我們原來想的時間長得多。他好像一點沒有發覺那幾個年輕人的不耐煩。最後，他把鏤好的舞獅拿出來，放在白紙上，用漿糊貼好四角。然後又在一塊三角形紙片上塗上厚厚的漿糊，伸進白紙和剪紙的間隙中，一點一點黏住。我們看見，獅子是紅色，人是黑色。這時，剛才走開去的人又再圍攏過來，讚美這完成的手藝。只有大姊和你，我看見，一直站在他身旁，帶着溫柔的笑意，看着它刻成。

大姊比我們對這些事情知道多一點。當他離開書房的時候，她給我們解釋那剪紙的好處。她的眼睛彷彿在它上面看到多一點東西。一張照我看來是普通不過的舞獅圖，她看到更多優點。在說到刀法的時候，她指着桌旁掛着的另一張刻着兩個小女孩在洗衣盆洗衣服的剪紙舉例。有人問：「這是他作的嗎？」她說：「是他太太過去刻的。」那人又問：「她在哪兒？」她說：「在內地，他正設法申請她出來……」說到這裏，他回到書房來，大家也就沒有談下去了。你站在一旁，垂着頭，甚麼也沒説，只是伸出手去，輕輕撫摩那剪紙。

他拿出收藏的剪紙給我們看。我們每人拿了幾包，一張張翻來看。每一張陳舊而半透明的白紙裏面，夾着一張剪紙。我翻開的時候，感到它輕脆的生命，像是一隻蝴蝶，在那兒輕顫。再合上紙，它就是美麗的蝴蝶標本，隔着一層紙露出暗晦的顏色。蝴蝶噗噗地拍着翅膀，在我們頭上飛舞。在一片讚歎聲中，一個白白胖胖的娃娃跳上我膝頭，跟我一起看另外兩個小娃娃演奏音樂，他們一個拉二胡，一個吹簫，奏的是輕快的音樂，我卻叫不出名字，大概是民謠吧。而另一些少男少女，穿起傣族、蒙族和藏族的服裝，跳起民族舞來。他們手中都持着東西，有些是手鼓、有些是籮筐，有些我簡直不曉得是甚麼名堂。女孩子穿着寬大的長裙，那麼一仰腰，一彎新月的長眉下的眼睛，盈盈地望着你。她挽起裙，一群蝴蝶從裙裏面噗噗飛出來，有紫藍色、綠色、紅色和淺黃色，牠們飛遠，化成小點。這些彩色的小點是米粒，小雞們爭着啄食，牠們拉着少女的衣帶，把她團團轉的，像一條蠶兒那樣纏起來了。蠶兒爬過桑樹，在葉叢中傳來沙沙的聲音。那是落下來的雨，被一柄油紙傘擋住，傘下四個小人兒擠作一團。那是衣裙綷縩，舞蹈中的少女一轉身，男子穿着短靴，一頓足，恰如一聲鑼的收結。那少女的衣袖翻起，露出一截竹筍一樣的手臂。熊貓正吃得津津有味，牠笨重的步伐，就像一下一下沉重的鼓聲，一點一點沉重的黑色。大片深黑色或深紅色中露出一圈星形的白點，那是牛身上的毛，或是菊花。一頭鹿身上的毛：五瓣的梅花。花朵長在動物身上，在人身上，在牆壁上，在窗戶上。桃李在春天，菊花在秋天，而松柏在嚴冬。我沿着一道長廊走前去，兩旁是古式的窗戶，窗花變成遮擋的屏障。我醮了涎沫，在窗上戳穿一個小洞，窺望進去，只看見裏面人影幢幢。那是孫悟空或關雲長、武松或是老虎。他們磨拳擦掌，或是揮動刀棒，盡是閃閃彩色的影子，像是捺着一本厚畫書的邊緣，霍霍地翻過去迅速看到的風景。有些彩色的臉譜，我完全不明白它們的意義，不了解它們代表甚麼。走過長廊，在每個古式的紙窗上戳個洞，終於我發覺自己口裏再沒有涎沫。在東面或西面的廂房裏，老虎咆哮、雄雞啼叫、女孩踢毽子、男孩放爆竹、人們拜祭天地，互相恭喜，乖巧的丫環，成群竊笑走過，舉起的袍袖掩着嘴巴。小男孩抱着彎角的綿羊，紮兩根小辮子的女孩坐在大白鵝身上，男孩踮起腳去親雄雞的脖子，女孩俯在母豬身上，有成群黑白夾雜的小豬正在吃乳。這些男女兒童，粗眉大眼，只穿着肚兜，露出白白胖胖的臂腿，他們的身體有奇怪的比例，比如雄雞旁邊那男孩，還沒有雄雞那麼高，他的頭又比身體還大。隨着鑼鼓的聲音，我又看見人們正在舞獅，獅首向這邊或那邊昂揚，配合着鑼聲響亮的擂擊。這聲音陌生又熟悉，但卻這麼沉重，又太響了，好像牽引了我的心跳，又使我想移開這壓在心上的大石，不再聽它。

在人們的歡呼聲中，一群人踩着高蹺來了。有人舞劍、有人彈弦子、有人走鋼索、有人踩獨輪車，有人雙手轉盤、有人單腿頂桿、有人抖空竹、有人耍花鐔。噢，我們的朋友也在裏面呢！惠蘭打扮得像新娘子，戴起鳳冠穿起錦袍，跟穿起長衫大褂的高拜堂成親，音樂燦爛，燭火明亮，我可從未見過他們這樣打扮。高和惠蘭的鞋子上，還貼上剪紙。徐一手持桿，轉動五六個盤子，白小心翼翼地踮起腳尖，走過鋼索。而我自己呢，不知怎的，踩着高蹺，每走一步，就像是騰雲駕霧。突然，高和惠蘭給腳上那些像海灘退潮時糾結的海草和繩子那樣一大團沉重的剪紙的網絆倒了，徐的碟子像滿天花雨掉下來，而白則踩了個空，像斷線的紙鳶那樣倒墜，急急忙忙攀着一點甚麼，正在那兒呼叫。最後是我自己，栽了一個筋斗，摜在地上。不，我在地面看清楚了，並沒有惠蘭、高、徐或是白，只是沒有臉孔的剪紙的人形，沒有甚麼混亂，仍然是那樣準確而沒有變化地玩着他們的把戲。而就在這時，我看見了你，瑤，仍在這一切顏色和聲音和動作之間。你伸出手去，想撫摩它們，想跳入它們的隊伍中，卻怎也不成功。那是因為它們儘管彩色斑爛，卻是印在一張舊紙的平面上，而你卻是活在另一個時間和空間中呵。但你卻伸出手去，想撫摩轉盤的那面，花罈的那面。

主人留我們吃飯，在席上惠蘭還興奮地説着那些可愛樸拙的人兒，傳閱那些雜技的剪紙。就在這時，徐發現了一張剪紙，是一個小孩子放風箏。我接過來看，華説：「這是瑤作的。四——五年前了？」你説自己作得不好，而且也許久沒有刻了。其他人不同意你的話，我們是這時才看到你的剪紙。這樣小小的一張剪紙，由打稿到完成，原來你也工作了許多日子。其實我一直留意你對工作這種專注虔誠的態度。那小孩奔跑過來，一隻手好像持着風箏的線轆，另一隻手持着線，線上是一尾金魚風箏，金魚有孩子那麼大，也許還大一點，兩隻眼睛圓鼓鼓，魚身有鱗片和圓點的花紋。風箏在空中搖搖曳曳，發出嘶嘶的聲音。

那天晚飯很豐富，還有黃酒。孩子的面部線條簡化了，兩隻眼睛只變成波浪的弧線，其他部份留下空白，腳板是一個圓圈，也許是赤着腳吧，他扭着脖子，回頭看着背後這比他還巨大的風箏，一面巴撻巴撻向我們走來。我們回過頭去，聽華說過去的事。放風箏的小孩子絆倒了，白攙他起來，他還只顧看後面的風箏。風箏昇上去，昇上去，然後碰到這古老大屋高高的天花板，停在那兒。華說起五六年前你們的那些朋友，說起過去的香港，說起國內的舊事，說起抗戰時的生活，還有那時的戲劇和歌謠。他信口唱着，你眼中露出羨慕的光彩。隔了一段距離，那些炮火和艱苦沾不上身，只有歌曲還是浪漫而激情的。高站起來，替孩子收線，那風箏在天花板下飄來飄去，沒有損壞，沒有猛風把它吹破，又回到我們身邊來。孩子樸素的胖臉認真地看着它。華的話題轉回來，再說五六年前你們那群朋友一起共度的熱烈的生活，醉酒狂歌的日子。他惋惜地說某個女孩原有才華，讚美某個男子飄泊異鄉，並且說到當時爭辯民族和人生問題的激情。在這樣的時候，你低下頭去，好像覺得那是一個你在目前現實生活中無法到達的標準。大姊的反應不一樣，我只記得她笑着說：為甚麼盡在往回看，回憶生活中一些激情的片段？孩子攀着我的肩膀，教我分了心，沒有聽下去。回過頭來的時候，你好像又高興起來，聽華唱起某一首歌的幾句。「美麗的夜色多沉靜，草原上只留下我的琴聲。想給遠方的姑娘寫封信吔，可惜沒有郵遞員來傳情……」我問惠蘭她懂唱這歌嗎？她搖搖頭，站起來離桌跟孩子去玩了。「藍藍的天空銀河裏，有隻小白船……」我看見你這幾天的情緒變幻不定。「可愛的，一朵玫瑰花，薩地瑪利亞，那天我在山上打獵騎着馬，你在山下歌唱歌聲婉轉入雲霞……」徐也站起來跟孩子放風箏。他站在那兒，把線放出去，向後退，風箏停在天花板上，他作出把風箏放到高空的姿勢，一時又彷彿正在與其他風箏剕線。孩子張大嘴巴，看着他的表演。現在飯桌上只剩下幾個人，繼續沉入你們的話題中。「在那金色的沙灘上，灑着銀白色的月光，尋找往事蹤影，往事蹤影已迷茫……」惠蘭他們顯得有點不耐煩了，因為他們沒法進入你們的話題中，他們開始看錶，打呵欠。「在那遙遠的地方……」呵，你們說下去，總是那些美麗而遙遠的東西，民歌裏的中國，在遙遠的草原和打獵的山頭，在銀河和金色沙灘上，唱着迷茫，遙遠而不真實的東西……

漸漸的，說話與歌聲沉寂了。我抬起頭，看見你坐在碌架床邊的桌旁，正在沿着白紙上那個穿長袍的簡略的人像刻下去。你抿緊嘴唇，我問：「到底甚麼事呢？」

你扮出一個正常的笑容，向我搖搖頭，說：「沒事的。」

你又專心繼續刻紙。我坐在那裏，不知該怎辦。我看到旁邊的舊唱機和放着的唱片，便把唱頭放到唱片上，「開簾風動竹，疑是故人來……」粵曲打破了室內的安靜。我覺得自己好像騷擾了屋中的人，便想把它關上。但忽然我好像看見你的頭動了動，好像對這曲子有反應，我不知自己是不是過敏，或者看錯了，但不知怎的，我就打消了關上它的念頭，專心與你一起聽：「新詩句句，唸來如情話。恨年年燈月，照人孤零，虛度芳華，夢中人何處也……」

說起來，不知你記不記得，我聽粵曲，還是認識了你們以後的事。粵劇當然看過的，小時候，每次戲班來到鄉下，祖母就每晚捉我陪她去戲棚，我喜歡零食和雲吞麵，卻不愛看戲。看厭了，每晚曉得她要過來的時候，就躲起來不讓她找到。長大了，交的朋友好像都那麼現代，都不說粵劇了。

你們卻是不同的。第一次見到，就覺得你們身上有一種不同其他人的素質。比較認真、比較誠實、比較樸素，說一些沒有人再說的東西。在那個畫家的演講會上，當他胡說八道的時候，我看見你，瑤，站起來反駁他，為一位前輩藝術家分辯。我奇怪地看着你，勇敢的，年輕的，為自己相信的事情說話，說完話又像個女學生那樣安靜地坐下去。我奇怪你是從哪裏跑出來的。後來我常常想，你們就好像你們住的地區，保持了十多年前香港某些樸素的素質，一覺醒來，四周已盡是遷拆的聲音了。

起初去你家看畫的那個下午，我和你大姊談到一齣粵劇，她很讚賞那編劇，她告訴我他如何把一個古典劇目改動，把原來劇中一個薄倖的男子改為有情，但是因為誤會而沒有回到他愛的女子身旁，所以可見編劇人比較溫厚的看法。我想她說得很好，但也有不同意的地方，我故意抬槓，說習慣的「癡心唯女子，薄倖是男兒」的看法本就不對，說是寬厚，其實即是肯定男性是薄倖的，再去原諒他，這種態度本來就對男性不公平。

我嘗試説出我過去不喜歡粵劇的地方是甚麼。我説我不喜歡其中比較傷感怨憤的部份，我不大喜歡那些孤僻高傲的男女。我想説的是，除了那些極端的感情和生活，應該還有些比較寬闊的感情幅度，除了極端的自我鞭韃的善行以外，應該還有些平常的可以在這現代世界適用的日常的善行……

也許我説得不大清楚，你知道，我有點口舌不清，一説起道理來，就好像一團一團的話塞在那裏，沒法表達自己。不過我停住了嘴，沒有説下去，因為，在這時，我聽見你在我旁邊慢慢地唱起來：

「踏過海棠軒，步向薔薇架。誰個燒香拜月，爐煙隱約裊輕霞。只見王母夜敲經，未見天孫隨膝下。紅魚聲裏夜莊嚴，未敢趨前談婚嫁……」

你的聲音很好，有一種平正的感覺，好像在隱約的爐煙中，緩步走前去，我立刻就被吸引過去了。

大姊跟着就接上去：「十郎既來之則安之，何以躊躇若此。」

你作出硬着頭皮下拜的樣子：「唔……李君虞拜問老夫人安好。」

大姊：「有禮叻，十郎，是否半夜三更，不易托請良媒，親來下聘。」

你又唱：「我想高攀鵲橋玉女家，敢乞仙娥下嫁，不惜千金奉禮茶。」

大姊：「小女無庸千金價，配婚論才華。母女淪落了，被遺棄於故王家……」

你們兩個合作得非常好，可以看見你們平常一定這樣配合慣了，當大姊叫「小玉呀小玉」的時候，你就轉回女聲，輕輕地唱：

「挑簾卸輕紗，偷向玉鏡台淡掃鉛華，鸚鵡在欄杆偷驚詫，話我新插玉簪花，曾未見有今宵雅。」

一下子，你好像就從一個男孩子氣的你，變回一個女性，默默地帶着婉轉的感情。

跟着，大家停了下來，原來你改唱女聲，就欠了一個男聲，沒人接上去。於是你推我，叫我接。我怎懂唱呢？於是你們寫下了歌詞，叫我照唱。

於是你再唱一次：「……鸚鵡在欄杆偷驚詫，話我新插玉簪花，曾未見有今宵雅。」我很喜歡你唱這幾句，當你唱到「今宵雅」的時候，聲音一個回轉，好像從一個遙遠的地方回來，回到今天的樣子。

該我接了。我怎懂唱呢，只好照讀了：「幽香一縷透輕紗，柳煙裙腰絲一把。翰墨有緣能相會，情苗愛葉早萌芽……」

我讀完，大姊忍着笑，喊一聲「小玉呀小玉」，然後唱：「女呀，我愧無旨酒迎佳客，你香閨可有合歡茶。十郎的是有心人，大可圍爐同夜話。」

唱完這一節，大家都笑起來。自然是笑我這個門外漢了。不過我這個門外漢，從這時開始，卻開始有了新的感受。本來是一個舊的故事，一種舊的藝術形式，但因為你們把感情放進去，所以也使我感到了一點甚麼。就在這一段裏，因為你們，我也感到了一種生活情態的豁達與自然，感情的婉轉與莊嚴；在可以是陳舊的文字下，看到一些美好的東西。所以我又請你們多唱一點。

就是這樣，以後我每次聽見南音「不慣別離，相對斷腸無」，就會感覺到裏面所說的愁苦，每次聽見滾花下句「鳳冠霞帔闖進侯門去，我心如日月氣如虹」，就會感到那種磊落和勇敢。從你們那裏，我聽到腔調的變化，感情的起伏，有些調子，我也逐漸熟悉了，比方與黃衫客對話的一節：「邂逅，盼莫盼於郎長情，劫後，痛莫痛於郎無情。你查名和問姓，霍小玉，至今夢已醒……」我喜歡那些停頓，尤其是「霍小玉」，頓一頓，至今夢已醒，緩慢的，不無猶豫的，惋惜的，但也是連綿的。可是唱到了後面，憤然快唱那幾句就完全不同了，你喜歡那幾句，也唱得好，急急唱來：「妾，從無錯處，嘆，我自招報應，怨句匹夫變性，」然後就二十二個字一口氣唱出來「更怕獨對慈母伴我病榻又向夜半問我十郎那負心漢，」我總感覺到裏面有些兇猛怨憤的東西，使我很怕聽，到了後面接着慢下來的一句：「我掩耳閉目不聽。」更像是泣不成聲，怨鬱到了極點，整個人崩潰下來的樣子。我很不喜歡，覺得不忍聽下去，所以往往到了這一段，我便翻回前面去，或請你另唱一點溫柔的甚麼。

就是這樣，在你們家裏，我開始接觸這個戲劇世界，或者說，回到遠遠離開了的過去的世界。我聽着你們唱，慢慢的，我好像多少知道你們欣賞的東西：那種情義，那種磊落，那種深情，那些在現世逐漸稀少的東西。我看過你的畫和剪紙。你好的作品裏有這種素質。你的剪紙不多，但與藝術圈裏裝飾性的鄉土趣味不同，你的是你整個人，你生活和感情的自然流露。我看過你一張自畫像，是粉紅色的調子，畫中人低着頭，有一種無法言說的神色，直至後來我聽到謝素秋唱的：「哎吔，可憐露濕鞋兒冷，百拜風神你要順情，但願盡向儂吹莫向郎待玉纖重把郎衣整。」我忽然覺得這正好借來描寫畫中那種光影相成，溫暖與濕冷軟語商量，挺身承受的胸懷裏猶豫的指頭和低首的微紅的調子。是的，我也開始聽粵曲了，離開你們家以後，我也去買了些錄音帶回家聽，我聽着，回想你們唱的，慢慢了解你們喜歡的素質。我覺得你們好像想在現實世界裏演劇中那些剛烈嚴正、有情有義的角色。我對你們當然有一種敬意，而你，以你的性格，則使我多一份擔心，因為我知道，要在這喧雜紛變的世界裏演這麼一個角色，是很困難的……

五

在計程車裏，收音機扭開了。

播音員一口氣急促地說着占美徐點畀羅拔陳李察馮點畀姬絲汀娜葉泰倫士張點畀桃麗絲劉等等，然後歌聲響起來了。在旁邊，喬跟着那調子，輕輕地哼。

我望出窗外，前面一輛大貨車擋着視線，車尾堆滿籮筐，望上去，只看見籮頂露出一堆粉紅和白色，不曉得是不是一籮籮鮮魚。車在我們前面，駛遠了。

喬停了唱歌，忽然說：「我的鸚鵡死了。」

我說：「哦！」我轉過去，但看不到她是否傷心。

她告訴我，昨天在花園裏埋了牠，我記不起她家裏的花園。也許我上次沒看見。

然後她說到這一期的封面打算怎樣做。她又說：

「聽說黃今天下午就沒有回來，氣壞了熊是不是？」她說是聽馬說的。

我說如果他找到更好的工作，那當然好。但她說聽馬說，黃是給辭退的，就像上月林那樣收了大信封，並不是像黃自己說那樣辭職的。我不知道，這些事情我總是搞不清楚。幾個月前，大家一起在版房開夜班，好像還是昨夜的事。幾個月之間，事情就變化了。老實的林最先被辭退，然後這個月黃也說不幹了。有人傳說是公司虧本要裁員，又有人說這麼大的一個外資機構怎會虧本？有人說是外國老闆要整頓這份娛樂刊物，先辭退總編輯介紹進來的人，又有人說是做副手的熊想奪權。我對這些事情，只感到一頭霧水。

收音機裏的歌換了一支又一支。車又停下來，那輛大貨車就停在前頭，我看清楚了，那籮裏的東西不是鮮魚，是破布屑。

「我們一會吃飯的時候，問問黃就知道了！是了，林走了，黃走了，你——你不會走吧。」

我說我不知道。是七八月的天氣，車裏的冷氣開得太猛了，我不知怎的覺得有點冷。

收音機裏正播着一支情歌，這次是一支粵語流行曲而不是一支歐西流行曲，是大衛點畀馬莉李察點畀伊莉莎白亨利點畀莎翩娜東尼點畀露絲……。

醉擁孤衾悲不禁

夜半飲泣空帳獨懷憾

喬搖搖頭，好像要把這些傷感的蛛網摔開。一曲完了，又有那麼多人點另一支歌給別人，設法借這些歌詞，傳達一點甚麼。

「我仍然收到信……」她說。

「媽媽也很愛那頭鸚鵡的，」她又說：「晚上，她往往會獨自在房裏跟牠說話。許多個晚上，不睡覺，就在房間裏跟牠談天。」她說她母親，神色裏有點落寞。

「她曉得鸚鵡死了，很難過。」

「昨天晚上，我睡到半夜醒來。爸爸在他房裏已睡熟了，媽媽房裏卻還有燈光。我走到房門前，看見她獨自坐在椅上，桌子搬近窗旁，桌上擺了一個盤子和幾杯水。我還嗅到香味。她對着窗子，不知喃喃地說些甚麼。我站在門邊看她，個多小時了，她一直是那樣子，低聲説着話，又抬起頭看窗子。後來她發覺我在，就告訴我説：如果我們祈禱，鸚鵡一定會回來的。我便也搬一張椅子，坐在她旁邊。過了兩三個鐘頭，我們開始聽見窗外有鳥兒拍翼的聲音，然後牠飛進來，停在窗框旁，牠真的聽見我們喚牠，飛回來了。媽媽真是高興。我們跟牠説話，一直説到黎明。聽到第一聲雞啼，牠要離開了，但牠説，如果我們想念牠，就會見到牠的。然後牠就飛走了。我真愛這隻鸚鵡，牠是這麼可愛，但牠卻要飛走了。以前我愛過一隻松鼠，有一天牠也不曉得到哪裏去了。但媽媽告訴我，我們愛的東西都會回魂的……」

我默默聽着，彷佛看見在寂靜的夜裏，婦人和少女坐在房裏跟一隻鸚鵡談話，一句一句斷斷續續的寂寞的話……

車子進入熱鬧的大街，食街到了。我們下了車，只見一片五顏六色的燦亮燈光。顏色，聲音和光芒。彷佛全香港最熱鬧的顏色、聲音和光芒全在這裏。顏色湧起，燈光的噴泉灑了一地，發出叮叮噹噹錢幣的聲音。還有彩旗飄揚，縐紙和金粉像雪花一樣灑在人們髮上。不知是甚麼節日？復活節和端午節已過了幾個月，重陽節和聖誕節又還未來臨。但我卻看見熱鬧的人潮，像在年宵市場那樣扛着一盆花、一株樹、一頭玩具熊、一頭大笨象、一輛衣車、一個公園和一幢高樓。人們推推擠擠的，偶然有幾個男子爆發出響亮的笑聲，在角落裏，卻傳來小孩被擠哭了的微弱聲音。

喬指給我看，在街角那兒，一個紅衣的人影：「你看人們穿得多鮮艷！」我仔細看，才發覺她是我們在銀行區常見那個乞丐，裹在一身襤褸的紅布裏。她有一個砵子，用來盛冷飯殘羹，還有一個破爛包袱，放滿衣服和爛布，露出一些鮮紅鮮綠的破布屑。她安安靜靜坐在那兒，有個路人看她一眼，她突然齜牙一笑，把對方嚇了一跳。

站在路口，對面就是飲食中心。菊來了，過一會，馬也來了，黃卻還未來。馬笑道：「我們要送他，主客卻未到。」他又說：「今天我請客，我贏了六環彩。」他問喬：「你相信不相信？」喬笑着搖搖頭。只見他伸手進藍色獵裝的口袋裏，掏出一大把鈔票。我除了在打劫銀行的電影外，從未見過這麼多鈔票。他把它們當紙牌那樣嗖嗖嗖洗了一遍，把手掌一反，又放回袋中。他問菊：「你相信不相信？」她說：「現在相信了。」馬哈哈大笑，翻出他的口袋，只見一疊陳舊的單據，此外甚麼也沒有，他轉向我問：「你相信不相信？」我抓抓頭，不曉得該不該相信。
正在這時，鼓樂喧天，人聲沸騰，彷彿神靈顯現。我踮起腳尖，只見金光閃閃，看清楚了原來是一輛濟眾水的花車，有一個中年男子坐在車上，裝出愁眉苦臉的樣子，又不斷去搓揉肚子，大概是吃得太飽肚痛，突然一個美麗的少女出現了，遞給他一瓶濟眾水，他仰起脖子，骨碌骨碌一口氣喝光，然後就變得龍精虎猛，一舉右臂把那少女托上半天。路旁圍觀的人，都拍手叫好了。
跟着下來，是手錶、墨水筆、電視機、冷氣機、富瑤酒店、蘋果牛仔褲、香皂、珠寶、化粧品和吸塵機的花車。當香皂的花車經過，馬路一片白色泡沫。化粧品的花車經過，香氣襲人。而吸塵機的花車經過以後，把泡沫吸得乾乾淨淨，整條街道光潔如新，帶來美好生活的幻夢。
馬指向那邊，引我們望向後面，正在駛前來的一輛「萬能膠」花車。在車上有一個外國人正在表演這隻新牌子萬能膠的效用。我們看見他只要塗上一點手中的萬能膠，傾瀉的山泥立即黏回山上，倒塌的危樓也再站起來，一切天災人禍，只要塗上這層萬能膠，那就好像甚麼也沒發生過，而且閃閃發光，比原來更美麗呢！

在這後面，是一輛「自動果汁機」的花車。又有一個人在表演。他把蘋果、橙、菠蘿放進去，沒多久就自動搾出果汁，於是他又把香蕉、枇杷、龍眼、西瓜、西芹、芒果全放進去，弄出更豐富的果汁。他搾得性起，索性隨手把周圍的錦旗、燈飾也放進去，把樓宇、土地也放進去，把周圍圍觀的人也放進去，居然也搾出許多汁液來。這一杯果汁，仿如一大杯雞尾酒，又紫又黃，又紅又綠，顏色互相滲透又互相碰撞，詭異而美麗。

這些花車上都有宣傳的牌子，寫着商品的名字和簡單的宣傳句子。五光十色的文字，如「蜚聲國際」、「夠凍」，「安靜」、「準確耐用」、「真正英國製造」、「光猛」、「快捷」、「方便」、「時髦」、「繁榮」、「登基銀禧紀念」、「播映十周年」，「花車巡遊」、「盛大公映」，像是一輛一輛花車，看得人眼花繚亂。這就像我們讀報時掠過的一版廣告，沒有細看，又翻到另一版去了。

在花車隊伍的背後，黃施施然出現了。他穿一套淺色西裝，打起領結，比平時還要整潔。他一派不在乎的語氣，表示是看不過眼，憤而遞上辭職書；他覺得海闊天空，電視和報館方面充滿無數機會，對前途是十分樂觀的。馬附和着説，是的，在香港這樣自由的地方，找工作還不容易？

我們走入這滿是食店的街道，聽見油脂嗞嗞作響，鑊子與鍋摩擦，發出連綿的哀鳴，刀子在肥肉上摸索，銅匙在大桶中旋舞，滾熱的油像燃點了的爆竹，四處亂竄；火舌高張，猶如貓兒追撲老鼠，又啪的一聲化為濃煙。一個日本廚師，在砧板上快動作亂剁，還向空中耍幾招劈空掌。一千個雞蛋同時打碎，蛋黃流入鋼鐵的機器中，數不清的筷子霍霍地把它攪拌成一團乳黃。一個人身巨大的銅咖啡壺，打壺嘴冒出白煙，氫氣球那樣在大氣中載浮載沉，飄到人們頭上，一傾側，把咖啡淋了大家一身。一個白衣的僕歐，推出一輛銀色小車，車上有一頭冰雕的鵝，他用一柄解剖刀，把鵝剖開，取出一條小小的鵝腸，用一個大大的碟子盛起，把它遞到顧客面前。管弦樂齊聲合奏，為了表示對這事的感動。一位紫衣姑娘，在一支洋燭旁邊讀電影理論書籍，讀完了又把它放到碟子上，一片一片切開吞下了。漢堡包和熱狗由輸送帶運出來，一個工人拿着鉗子，正為它們逐個上緊螺絲釘。意大利粉越拉越長，變成鬍子、琴弦、繩子，最後變成放風箏的線，把一枚意大利餅，放上半天去。

我們站在酒家的水族箱前面，指指點點。黃正在說他離開這機構以後的大計。他說有一個歌舞劇團前往星馬，想請他一起前往，負責策劃事宜。電視的導播邀請他進去編劇。還有幾個老細，打算辦一份新的晚報，請他主持編務。他離開舊職，自然是明智之舉。他滿肚子計劃，對這個圈子充滿信心，認為名利滾滾而來。他舉起一隻手指，說明某些事實。淺色西裝袖口，白色襯衣的袖口鈕閃閃發光。我們看了石斑又看龍蝦；然後飼食的時間到了，酒家的一個小工，把水族箱裏的水放光，然後從擠作一團的海生物那兒，抓出一條蛇和一頭烏龜，拔去牠們身後的塞子，用氣泵給牠們打氣。看清楚，原來那些蝦蟹都是塑膠製品，還有鱔、鮐魚、青衣和泥鯭，全都在魚尾那兒有一個塞子。牠們在退水後顯得扁癟癟的，不過經過打氣，又再精神飽滿。小工再把水族箱注滿水，於是那些魚蝦蟹又再在水中游來游去，栩栩如生。

街道的那一端，封起來了。幾張桌拼成一張長桌，上面鋪上白布，擺上豐富的自助餐。好像是為了慶祝郡主或甚麼人來港，設下盛宴。衣香鬢影之中，生蠔舉行麻包賽，雞腿二人三足而魚子醬把自己推鉛球。我們隔着寬葉盆栽、滅火筒和警衛，看不清楚，只聽見一千隻香檳杯子擲到地上的清脆碎聲，萬層蛋糕的風濕呻吟，洋紫荊像面疱一樣到處盛開。

我們在路旁進食，我們在店子裏進食，站在櫃枱前面，坐在光潔的白桌周圍，在閣樓，在地下，隔着玻璃眺望寧靜的風景，在一副蜂巢馬達的營營聲裏。我們吐出玻璃和鐵釘，咀嚼橡膠，吞下一口又一口美麗的泡沫。周圍的佈景不斷變換，工人鎚鐵釘的聲音，此起彼落；電影投放在牆壁上，失事的汽車破牆而出，碰翻了幾桌人，血淋淋的漢堡包從火堆裏救出來，又用繃帶包裹，放到桌面去。歌舞團的女郎一腳踢熄了紳士的雪茄。喬忽然離開我們走過去跟鄰桌一個認識的外國人寒暄。喬站在那邊一張紅唇的海報旁打電話。喬與馬翩翩起舞，一下子跳上牆壁，音樂轉快的時候，他們正站在天花板上，倒轉身子跟我們招手說：「嗨！」

每個人瘋狂鼓掌，特備節目開始。在射燈做成的白色圓圈中，司儀介紹參加大食比賽的官員。他們一字排開，彬彬有禮，有些更摸摸鄰近桌旁的小孩，顯得那麼和善。手槍「砰！」的一聲，哨子尖叫，又有人大喊開始。參加比賽者脫下禮帽，從裏面掏出各種模型，有些是學校，有些是高大的建築物，有些是市場，有些是遊樂場，有些是醫院，有些是車輛來往秩序井然的通衢大道。他們有人狼吞虎嚥，一隻手從禮帽裏變出模型，另一隻手就連忙把它塞進口裏；有些人卻是慢慢的，把它先塗上七彩的顏色——淺黃和淺綠的芥辣、紅色的辣醬和甜醬、黑褐色的醬油、白色和暗紅色的醋，混成斑爛的顏色；另一些人則是把它們放到火上烤，燒了一會就塗上蜜糖，再把它們放到火裏，認真地緩緩旋轉，看它們烤成美麗的顏色，表皮上發出紅色的光澤，然後像美食家一樣，細細咀嚼。

台上台下一起進食，大家陶醉於一種酒酣耳熱的氣氛。馬說：「這裏的真人表演，倒算新鮮。」黃有了酒意，說話也沒有平日那麼拘束。他繼續說他的計劃，說有一爿大的牛仔褲公司，可能找他辦一份綜合刊物，甚麼時候再找我們一起計劃一下。比如喬，是了，說起來！喬上次那篇介紹化粧大師薩治呂頓的專題，不是很精彩嗎？把秀拉、孟克、列哲和莫迪格里安尼的畫與呂頓古怪化粧方法下的女子並列，既有娛樂性又有藝術性，可惜你們的機關雜誌太吝嗇彩色篇幅，如果可以多幾版彩色，把畫作與化粧一起刊出來，不是更好嗎？是了，喬怎會懂得那麼多外國東西呢？喬笑笑，說黃真好，有甚麼路數，也不忘記我們。

這時背後的參加者中，有一位在吃一所大廈的時候，吞得太急，正在不斷嗆咳，他漲紅了臉孔，上氣不接下氣的。主持者連忙喚來救護人員，用擔床把他抬走。

馬問黃現在辭職後到底暫時做甚麼呢？人聲嘈雜，我沒聽清楚，只聽見他說有人約他寫明星稿，叫他寫一萬字，但他只肯寫三四千字，而且他還有條件，只肯寫他熟悉和喜歡的，但對方很尊重他，所以隨他的意思。是在哪份報刊上發表的？我問。他說每次寫了就交給對方，從來不理會刊在哪裏。他問起馬，上次說有人要找人寫球星訪問的散稿，後來怎樣了？馬說已找到人了。是他想寫嗎？黃搖搖頭說不是。不過，他後來補充一句，如果暫時有散稿要寫，在其他計劃未實現以前，他還有點時間，可以寫。馬說替他留意一下。喬從藍色煙盒裏拿出一根香煙，黃卡察一聲擦着火，那邊喬自己已點上了。她剛好回過頭去跟馬說話；沒有注意。倒是菊在半途接過這燃着的打火機，拉近自己眼前，閉起一隻眼，凝神注視這朵閃爍的火光。她跟黃笑道：「是新的『都彭』！」黃聳聳肩接回去，用拇指捺下金黃的蓋子，捺熄那朵火焰。

馬舉起杯來向黃敬酒，祝他的新計劃成功。黃一飲而盡；他說不管怎樣，離開舊的機構總是好的。他說自己在這圈子裏人面很熟，不愁有甚麼問題，他又想到一個例子：那天去見電視台一位高層的女士，對方問他以前有沒有寫過廣播劇，用甚麼筆名；當時旁邊還有一兩位導播，那女士揮一揮手，叫他們出去，讓他說出筆名，當他說了，她「哦」的一聲，表示絕對沒有問題了。他說到「揮一揮手」的時候，甚至做起手勢，好像真的一下子把閒雜人等掃開，靜待他表露身份。我想他是喝了點酒，所以未免有點誇張。倒是馬接口說：那麼你就比林幸運得多了。黃有點不滿地說：這不是幸運的問題吧。我們都想知道林的近況，連忙追問馬他現在究竟怎樣了。

馬說林離開的兩個月，在外圍投注站工作過，後來又失業了。說來你們也許不相信，前幾天他打電話給我，說目前在廟街擺檔替人看相，馬說，我問他要不要錢用，他說不用，只是叫我介紹朋友幫襯。這不是真的，馬又跟我們開玩笑吧，喬說。不，這是真的，馬說，我們甚麼時候可以去看看他的。可是，黃說，林哪裏懂甚麼看相？他研究過的，馬認真地回答，而且當你走到絕路的時候，你甚麼也會幹，林是個「打不死」，他甚麼粗重工作都做過，每次都捱過來了。

音樂響起的時候喬和馬又去了跳舞。這時人流顯得零落，音樂也像有點疲倦，有神沒氣地拖下去。鄰桌的外國人結賬離去，我呷一口酒，感到沒有甚麼味道，我在想林的遭遇，想他那樸實的臉孔和我們一起工作時埋頭苦幹的樣子。黃喃喃自語，他嘴巴吐出的文字開始失去連貫：一時詛咒馬扯謊，說他每隔幾個月就自稱中了六環彩，一時又回過頭去，批評馬的舞姿滑稽；一時又說那電視台的女士，怎樣揮一揮手；一時又感慨說：真摯的感情不容易被人了解。到了後來，我簡直不知他想說些甚麼。他又舉手叫酒。菊替他喚了熱茶，哄住了他，又把他推倒的空杯扶起。當馬和喬回座，黃無端就說：馬，你跳得真難看，好像猴子一樣。馬沒有生氣，只是笑道：好吧，輪到你們去跳。喬站在那兒笑着，沒有坐下來，我們都以為黃會站起來。可是他只是坐在那兒，說着他過去跳得多好。喬見他沒有行動，笑着搖搖頭，也坐下來了。黃又說要叫酒，菊勸他不住，忽然提議說：不如我們現在去看林吧，也許可以為他帶來一點生意。

走出門外，只見地上一灘灘水漬。想來是下過一場大雨。燈泡暗啞了，一串串斜垂下來，仿如宴會後的項鍊，隨意扔在床上。幾張方桌擺在行人道上，弄皺又污穢了的白色桌布綁成一包，裏面不知是不是放着骯髒碗碟。黃的步伐踉蹌，我和馬扶着他，乘車過海。喬似乎也有了酒意，在前座不斷與菊說不知非洲人或是愛斯基摩人是用鼻子接吻的。

廟街也沒有過去那麼熱鬧了。一大幅黑暗中，這裏那裏一盞燈，照着一個個圍滿人的攤子。有人表演神打；硬挺挺挨了十來刀，插滿身上，還沒有倒下，像一頭刺蝟那樣站在那兒。有人吞了一把長劍，從腳趾那兒把它拔出來。有人讓毒蛇咬了一口，全身發黑，一敷過膏藥，立即就跳起來，倒咬蛇兒一口，這可輪到牠全身發紅，頭兒一擺，暈死過去了。圍觀的觀眾卻多半冷酷無情，對人家冒性命危險的表演也不鼓掌，反而冷冷地在那兒尋找破綻。

我們好不容易才找到林，他背靠鐵絲網，上身穿一件唐裝，沉默地坐在那兒。附近幾檔看相的點起大光燈，多少有幾個顧客。林卻只有一盞油燈，面前冷清清。人家的招牌上寫着資歷，自稱甚麼居士，還剪貼起報上介紹的宣傳文字，林卻只是老老實實的，在背後的白布上寫着「命相研究會」。我們存心扮成顧客，沒有跟他寒暄，就逐個坐下來，請他看掌。

要看掌的人坐在小凳上，其他人蹲在旁邊。林提起那盞昏黃的油燈，一手握着我們的掌，俯下去看那朦朧的細紋，他的聲音低沉，又夾雜着鄉音，要全神貫注才可以聽見。他的聲音有點顫慄，說到一半又掏出香煙，劃火柴點上，深深吸一口，掩飾他的緊張。但他是很認真的，他看掌時也兼看相，為我們這群看不清楚出路的人指點迷津，他的手在我的兩頰，前額和下頦劃過，指出東南西北的方位，好像在替我劃十字祝福。他替菊看相時，說到她的眼睛，他說：「眼睛是靈魂的窗子……」一個看相的人竟說這麼文縐縐的話，我們都禁不住在肚子裏暗笑。這時已逐漸有其他人圍攏過來，我們做「媒」是成功了。我們每人問完，就把五塊錢交給他。正如馬說，林很頑強，並不願隨便接受別人接濟，但他幫我們看掌而收錢，那又不同。林認真地看我們的掌，好像因為不好意思與我們直接交談，所以用指頭在那些線上兜圈，說出關於生命和事業，思想和感情，他說出我們的優點，又說出缺點。有時我覺得他好像只是憑與我們同事時的模糊觀察，叫我們在心裏想反駁他，想說他其實也看得不大準。可是他吸一口煙，戰戰兢兢地說下去，神色那麼認真，我又能說甚麼。何況，聽下去，也未嘗沒有道理，有時他好像把幾個人的性格結合在一個人身上，有時他突出某個人的優點，或者強調了某一面的性格，不過他目的不在諷刺，即使沒說準，也是他認識我們，所以多少給一點規勸。他說馬雄才大略，可以成一番事業，但小心有風不可駛盡帆；他撫摩黃的掌，說他有毅力，但叫他不要偏執，不要知其不可而為之；他說我過度沒有自信，所以做事有點猶豫；至於菊，表面溫和，其實個性堅決，到頭來恐怕會吃苦頭的；他輕輕搖頭嘆息，當他最後為喬作結論時，握着她單薄的手掌，看着上面又細又密的亂紋，更黯然垂下頭去，我們仔細聆聽，只聽見他說：「你要小心！」

到我們離開的時候，圍觀的人群裏面，開始有人坐到小凳上。林今晚的生意，看來有一點起色。夜已深了，馬與喬回香港那邊，我和菊送黃回家去。喬在上車前，還踢起一隻腳，摹倣澳洲土人的舞蹈，這才一溜煙鑽進車廂。我們目送他們離去，黃走前一步，走入反映着冷光的潮濕的路中心，菊一把扯他回來，才避過一輛帶着咒罵疾馳而過的汽車。我們扶他上車，他已經東歪西倒了。那套淺色的西服，滿是皺紋，手肘那兒不知怎的染了一幅油漬。他喃喃自語，多謝我們送他回家，又說將來要搞甚麼，一定不會忘記我們。我有點不高興，說我們送他回家，並不是因為這樣，他這才住口了。

他在車裏已經說要吐，到了家的樓下，他扶着牆壁，更是把剛才所吃的東西，一古腦兒全吐了出來。同屋的人開了門，我們扶他進他住的中間房。房間狹窄，堆滿了東西，碰手碰腳的，我們扭開了燈，讓他睡在床上。菊出去替他絞了一條熱毛巾回來，讓他敷上。我瞥見小几上面，放着一本翻開的書，一柄大剪刀硬壓着柔和地捲起的書頁，發出冷冷的閃光，有一頁已經剪破了。一闋詞剪了出來：

絕代佳人難得，傾國，花下見無期，一雙愁黛遠山眉，不忍更思維。

閒掩翠屏金鳳，殘夢，羅幕畫堂空，碧天無路信難通，惆悵舊房櫳。

我一下子完全明白過來。我心裏開始感到不舒服。黃躺在床上，一聲一聲呻吟，說燈光刺眼。於是我熄去這黃澄澄的燈光，室內又回復黑暗。在雜物堆成的詭異嶙峋的黑影間，靠着小窗外傳來的微弱光芒，依稀辨出人影，房中有一種侷促的灰塵的氣味。小窗外可以看見街上一輛洗街車緩緩移過，徒勞地把水滴灑向寬敞的街道。黃一聲又一聲呻吟，我走回來，看不清他的臉，只見几旁的剪刀，在黑暗中冷冷地閃光。他的身體在黑暗中一下晃動，好像是舉起手不知想抓甚麼。菊湊近去看他，她坐在床邊，我凝神看清楚，才發覺她瘦削的肩膀，一下一下起伏，她正在飲泣，但卻強忍着，不要發出聲音來。黃的手抓了個空，又再舉起來，他嘴裏喃喃的不知叫喚着誰，徒勞地叫着，哀求似的，受傷的野獸似的。菊的身體緩緩湊過去。他又吐了，一定是全吐在她身上。她沒有避開，完全承受了，手抱着他的頭，輕輕撫着他的後腦、他的肩背。我的眼眶忽然感到一陣溫熱。一晚蕪亂的心情到此靜定下來，收斂了諷刺，代之而起的是悲哀。我悄悄地退出來……

六

日子一天一天過去，瑤，對於你的事情，我好像知道，又好像不知道。我不知怎樣才可以幫你。我是這麼愚笨，又無能為力。

就像那天，我來到你家，忽然看見有人衝下樓梯。起先我以為是大姊，奇怪她幹麼扭轉頭避開我。後來還是你某些獨有的神態出賣了你，我連忙拉住你。只見你穿上大姊寬寬的黑大衣，拿了她盛學生作業簿的提袋，又穿上她的平底鞋，她的腳比你的大，顯然不適合你，所以你走起來，有點蹩腳，也是這使我認出你來吧。但你反而兇惡地推開我，說：「我要上學了！」我說：「瑤，你做甚麼？」你說：「不要理我的病，我可以支持的。不要纏我！」你是這麼兇，態度這麼堅決，有一陣子，我真不知發生了甚麼事。幸而這時你母親發覺你偷走了，追出來，我們才一起把你拉回樓上去。鞋子在掙扎時掉了。你還是仰起頭，撥開我們。你不住說：「總有人要負責的是不是？個人的病小事，學生要緊。」

你母親抱着你，用一條濕毛巾，替你抹面。你還在說肝病並不要緊。你閉上眼睛，額角都是汗了，好像正在忍受極大的痛苦，我還在跟你講道理說有病當然要休息。說着，突然想起來：你並沒有肝病呀！你也沒有再教書了！我看着你，我相信你的痛苦是真實的，到底是甚麼一回事？

又比如那一次，你安靜地在母親身旁坐下，學她的樣子，拿起針線串珠。你跟她的姿勢有點像，只是遲緩一點，鳥兒緩飛過啞色的穀粒。你的眼睛凝神看着珠子，有時也喃喃發出聲音，就像她一樣。你母親有時用手掠掠頭髮，你也掠掠頭髮。你彷彿完全在摹仿她的姿勢，只是，串着，串着，你的手像壞了不能停止的機器，像唱臂在同樣的唱片溝紋上反覆旋轉，你的黑線末端淤積了好幾吋長的彩色珠子，卻沒有織到線架上去。你母親按着你的手叫你停止，接過你的針線。而就在這時，你空出來的手突然一揮，像機器的反彈，一下子拍翻了幾個盛着珠子的白紙皮盒，沙的一聲，幾種顏色散了一地。在灰色的地上，無數寶藍色和暗棕色的小點，混雜着墨綠和朱紅。你母親生氣了，說：「你做甚麼？」但她還是忍住沒有罵你，只是把你扶過那邊讓你休息。我蹲下來，撿拾一點一點的墨綠朱紅。抬起頭，我看見你坐在那邊，在母親的照料下，茫然望着前方，好像甚麼也沒發生過。這些事情，你還記得嗎？

你垂下頭，不回答我。你沒有聽我説話。你只是專心低頭剪紙。這幾個月下來，你的剪紙也跟以前不同了，起先你剪葫蘆和金錢、蝙蝠和水仙，後來你剪古代戲曲裏的人物，那些不知是甚麼的臉譜，然後你的剪紙開始固定成一個簡略的人形，面貌輪廓都看不清楚，彷彿只是一個個符號。你重複剪着同樣的符號。我看着這些單調的符號，不明白它們的意義，而你向內心退縮，也不要向我們表達甚麼。我問你：「這是甚麼？」你垂下頭，不回答我。你沉迷於剪紙的狂熱中，甚至不打畫稿，不用彩紙，你抓到雜誌和紙張，甚至小弟的練習簿，就在它們上面剔出你要的形象。你抓起一張報紙。不看它們上面記載着甚麼每日變化的現實生活，只管把它們剔成你心中固定的一個人形。你不再剪出美麗的圖畫，在你周圍，現在堆滿廢紙，你雙手染滿油墨的污漬，只是反覆剔出固執劃一的呆板圖案。

這一切不知從甚麼時候開始？我也説不清是哪一天開始。事情是逐點逐點變化的。幾個月前有一天，我第一次感到有點不尋常。那天我來到你們家裏，看見你面前有一份撕得粉碎的青年雜誌，我問是甚麼事？大姊笑着説有人帶了這份雜誌來，你們看到其中一篇談性的文章，覺得它態度輕浮，愈說愈氣，你生氣起來把整份雜誌撕碎了。你說起來猶有得色，但我忽然注意到，你說話時一隻手還在輕輕顫慄，我心裏就有點不舒服。你沒有去看整個社會的問題，反而在這裏單獨對一個例子孤軍作戰，而又以它為敵，在自己心中淤積了無限憤怨。我看着你顫慄的手，就希望可以做點甚麼，令它不再這樣無謂受到騷擾。

過了幾天，正在你家裏聽粵曲，一邊有一句沒一句的談話，我忽然想到，就跟你們抬槓說，霍小玉雖然好，可是照劇裏看來，她和李益之間只是誤會，她不應該沒弄清楚真相就怨他負心，又在一個陌生人面前把這些事說出來，怨甚麼「匹夫變性」，這似乎有點過份了。呀！我話剛說完，你啪一聲關了唱機，不容我有討論餘地，惡狠狠地瞪我一眼，說：「你是不是誠心聽？不是誠心就不要聽！」

兩天後你忘了這事，給我沖來一杯茶，這突然的行為叫我感激。你坐在我們身旁，笑着，手捧着杯子喝茶。你專心望着大姊，聽她說《馬路天使》如何精彩，一邊點頭。你看來又再是個年輕單純的妹妹。大姊正用她的古老鉛筆刨刨鉛筆，當那老爺鉛筆刨發出刮刮怪叫時，我們都不約而同笑起來。我喜歡那電影的是它的細節，例如房間裏用舊報紙當牆紙，是自然的生活小節，但當主角在報上找尋文字時，那亦變成對當時時局一個微妙的暗示。我們說那電影如何樸實優美，說得興起，我和大姊站起來為你表演小巷一場人物走位的瀟灑流暢，你開懷大笑，那時我以為煩惱都一掃而空，事情會好轉起來了。

誰又會料到，沒多久，就在你重新開始剪紙不久，就發生了那次撕畫的事。我想你母親也吃驚了。她本來不過是拿碗湯過來給你喝，濺到紙上的湯也不過一兩滴吧了。所以當我在旁邊看見你霍地站起來把差不多鏤好的剪紙一把撕掉，我也嚇得說不出話來了。我覺得這猛烈的一面不像你，或者我一直不願意承認你有這一面吧。或者這與我自己的個性有關，我做事的方法是緩慢笨拙的，做得不好仍然照原來方法改好為止，你卻是比較靈敏變化，覺得不滿意就撕了，改變主意去做另一樣。你做的東西，再好也好，你覺得有點瑕疵，就立即不留情地撕去。我最先發現你這一面，只是覺得驚奇，沒有說是不對。因為我是個沒有甚麼信心的人，不大能肯定自己對，也不曉得怎樣去判斷別人錯。我也很尊重你那種求全的決心，所以我又想，如果我說不對，你改變了，那會不會是等於叫你遷就，失去了你那種要求完美的好處呢？也許還是你對吧。只是那一次，看着那張剪紙，我是數日來一直在旁邊看它刻成的，那是一張精巧的人物的剪紙，你用了許多心機在衣服鞋子上面，在你工作的時候，我們一邊談話，聽歌，這些無形的東西，我覺得，好像都進入了畫裏面了。然後，突然的，你覺得它有了瑕疵。就我看來，幾滴湯抹乾了就沒事了，但你覺得有了缺憾，沒看清楚，就站起來，沒顧你母親，也沒看我，斷然把它撕掉，撕成片片。我看着那些碎片，只感到很大的浪費，感到事情有點不妥……

然後你漸漸離開我愈來愈遠，有時我好像認不出你來了。那天當你大姊叫你幫忙扶爸爸去看醫生，你突然粗聲說：「不行！我要開會！」你開甚麼會呢？轉眼間你換了一件藍布長衫出來，圍了一條白圍巾，你站在窗前，神氣地把白圍巾往後一兜。你大姊問：「瑤，你不怕熱？」你瞪着她，說：「我的名字不是瑤。」你喃喃的說甚麼要到海邊去，夾着兩本書走了。我們在背後呆呆地看着你瘦削單薄的背影。

有時，你又突然變成另一種完全相反的人。比如那一次，在惠蘭和高的婚禮之後，你居然開口跟我談話，甚至和過去不同，你說到一些比較實際的問題，比如你說覺得女孩子還是早點找個歸宿的好，問我是不是？你的口氣就像惠蘭一樣，把我嚇了一跳，這一點也不像你。我期期艾艾，不知該怎樣回答。你卻突然說要結婚了，說正在縫製一套古裝禮服。婚禮就定在下星期，晚上在漢宮擺酒，到時你一定要賞臉呀。你忽然說出這些一點也不像你說的客套話，教我毛骨聳然。你話裏的事，我更沒法相信。你說着，一邊還從抽屜裏摸出一張紅帖來，交給我。我打開一看，那不過是惠蘭和高的舊帖吧了。換了是別人，我想這一定是開玩笑，但你那麼認真地望着我，又好像根本沒有望着我，我忽然感到一陣恐懼。

後來就是趕入沙田那回。我按照你壓在枱面一角字條上寫的唐的地址尋去。那在以前華住的地方附近。我去到那兒，才發覺華的房子不在了。因為建設新的馬場，沿路翻起泥土，黃塵夾着沙粒，撲撲吹向人的臉孔。我終於看到你，坐在一道廢棄的石級上，面對一個空蕪的地盤，背後是一所舊屋，屋前貼着一對春聯。在你旁邊，有一個穿運動衫的青年，正跟你搭訕，他的樣子看來有點邋遢。你這樣一個一塵不染的人，就這樣坐在塵埃裏。你一副柔弱的樣子，我找到你自然就帶你回家。當你站起來，我留意你穿了寬身的衣服。你在車上說想吐，後來你更打開隨身帶着的袋子，從裏面拿出一件未織好的淺黃色毛衣，在車子的顛簸中，你生澀地舞動織針低頭編織，自然更易暈眩了。我叫你不要做，你不聽。才不過是夏末秋初，你摹仿一個在車上編織的平凡婦女，卻在不適合的季節和時間。後來我看見那是一件嬰兒衣服。我想你是存心拿出來讓人看的。因為你沒多久就告訴我，孩子要在冬天出世。甚麼孩子？我糊塗了。你有了孩子？很奇怪，我突然憤怒起來。對唐，對剛才那邋遢的青年，或是對那我未見過面的孩子父親。我真生氣你這樣不懂照顧自己。但你依舊低頭編織，好像很滿足。回到家裏，你更是少有的安靜，說：「我要休息了。」便爬到床上去。你母親俯過身去替你弄好枕頭，從你的外衣下抽出一個布娃娃，我這才發覺，你的孩子，只是一個用破布縫成的玩具娃娃。

所以當惠蘭緊張地打電話告訴我說：你向她問起打胎的事，又說你猶豫不決，一時不想把孩子養下來，一時又說會好好地養大這孩子，把全副精神放在他身上。我不知該怎樣告訴她，說這只是你私人的戲劇，青春的幻想。婚後剛剛懷孕的惠蘭，並不知道你的孩子是個布娃娃。

然後你又總是默默地畀着紙，剪着紙，就像現在這樣，默默地不作一聲。由早上到下午，又由下午到深夜。你的家人在旁邊，經過這幾個月，他們逐漸接受這事實了。那次你父親在盛怒中，高聲衝着你的臉孔斥罵，好像想喚醒你，他還舉起手來一巴摑在你臉上。但我想他過後也後悔了。只是他是個驕傲的人，不會向你道歉，也就益發沉默。他默默地坐在那兒，有時我偷眼看他，看見他合起脱光了牙的嘴巴，唇邊點點白色的鬍子渣兒，像是咪着嘴慈祥地微笑。看清楚才見他不是微笑，是擔憂。你母親一直在你身旁照顧你。還有你大姊，她沒有說甚麼，照樣拉你到外面去玩，不讓你沉於哀傷。有時她默默擁你入懷，用胖胖的手掌撫着你的背。有時她站在你背後，用手替你按摩頸背和雙肩，一邊問：「好點嗎？」好像你只是疲倦或背痛，不久就會痊癒的。你的小弟，甚麼也不懂，起先嚷着：「二姊，二姊，你做甚麼？」拉着你的臂，像要把你喚回來。但現在他也不說話了，安靜地坐在一旁做功課，好像因為這些變化，他也變得懂事起來。那一回，當你拉着他的手說要去乘火車，他就乖乖的任你牽着，沒有反駁。你換了一套炭棕色唐裝衣褲，坐在床沿，把衣物放進一個籐篋裏去。你不住說你要乘火車到香港去，你要乘火車到香港去，好像這兒不是香港一樣。你說：「九時半有一班火車。」你拿起几頭笨重的黑色時鐘看時間，順手嘎嘎地給它上鍊，你說還有兩小時，計算還有多久就動程。你帶着一種強作成熟的語氣，瑣瑣說着這些事，你說：「申請了五六年了！」然後又打開籐篋，再檢查一次裏面的東西。

下一次在惠蘭家裏見到你，你卻又是另一副樣子。我正在跟高閒談，一邊陪惠蘭的小妹妹玩洋娃娃換衣服的遊戲。我正在替她給剪貼冊中的各款衣服塗上顏色，然後剪下給公主更換。我看見你和惠蘭進來，幾乎不相信我的眼睛。你穿了一襲長裙，塗了口紅，戴一頂不大適合你面型的黑帽子，手裏抱着一大包從松板屋買回來的東西，正在談電視劇中雷茵謀殺邵華山的一幕。我停了下來，小妹妹推我，叫我快點剪，我給公王貼上一襲衣服，她不滿意；換上另一襲，她也不滿意，只好又再換另一襲。可是我心不在焉，覺得你好像笑得太響亮，好像正在扮演戲中角色，隨時會忽然扔下一切，說不要再玩了。但你並沒有，你一直玩到終場，開開心心跟我們告別。你看來那麼正常。倒是我心中充滿疑惑，一句話也說不上來，還剪破了衣服，累得小妹妹在那裏抱怨。

很奇怪，當你變得那麼正常，我又覺得不真實。你的角色都維持不久。像今天，你又在這裏埋頭剪紙了。已經有整個下午，破碎的報紙堆滿你腳旁，有些撕開一條條，有些就剪成巨大的人形符號。桌上堆滿廢紙屑，脫色的油墨染污了白紙。而當你周圍這一疊報紙都剪碎了，我看見你隨手拿起桌頭一本畫冊，攤開它，就在那些彩色的木刻版畫上剕出一個人形。尖利的刀鋒劃過那拿着蒲公英的女孩的臉孔，劃破了畫頁。你不是在創作剪紙，你是在破壞了。我連忙走過去，按着你的手，說：「這是你喜歡的畫冊呀！」

你一手推開我。手中的剕刀在我手背劃下一道深痕！你說：「你們只是關心物質，有關心過我嗎？」

你竟然說出這樣的話？如果我不是關心你，幹麼每天來看你？這樣為你擔心，當你失蹤了又要走遠路去找你，難道只是為了讓你這樣叱罵？我勸你，難道不是為你好嗎？你強頑地說：你的生活，你的感情，並不要我干涉。

我真是很生氣，手背的傷痕上，血沁出來了，帶着一種難耐的刺痛，所以我罵你簡直是不講理的，簡直是偏執狂，自我中心，簡直是浪費了人家對你的好意，簡直是……我一邊生氣地咆哮，突然發覺不妥，連忙停嘴。本來是我自願做的事現在好像說成是一種好意，做了一點事被人誤解就變得辛酸，我也在計較了，我感到一陣羞愧，連忙停了嘴。

傷口仍在隱隱作痛。感到被人剖開了表皮，像是直接接觸到外面一些冰冷或灼熱的東西。而就在這時，我忽然想起，你剛才是近來這段時間中第一次真正跟我說話，不是在扮演角色，而是在盛怒中想把想法告訴我。想法即使偏執，也是你心裏的想法。我停了嘴，等待着，我希望再聽見你的反駁，聽見你憤怒的咆哮，我的傷口敞開……

但是你沉默了，我看看你的臉容變化，又變回那客氣而疏遠的距離。你從突然爆發的極端，盪回沉默的極端。你若無其事地繼續剟紙。你不會再傷害人，但你也不會再說自己了。我笨拙地說：「瑤，你怎樣了？」

過了一會，你抬起頭，好像並不是回答我的問題：「瑤？我不是瑤！」

剟破了的畫頁又跌到地上去，不同角色的破碎的臉孔和身軀散滿你的腳旁。

七

一隻暗綠色的螃蟹緩緩爬到缸口，舉起螯，像要爬到缸外去，牠徒勞地左右晃動笨重的身軀。穿着白色背心的中年漢子隨手抓起旁邊的圓形草蓆蓋子，噗一聲蓋下去，讓牠墜回缸中無聲的綠色蟹群中。那漢子手中還拿着另一隻蟹，牠一隻螯綁住，另一隻微微撐開，他把鹹水草多繞幾圈，把牠綁緊了，然後扔到另一邊，那兒已有許多綁起來的大閘蟹。

他又揭開蓋子，從缸裏抓出一隻蟹來。也不曉得是不是剛才想爬出缸口那隻。他拿一根鹹水草，開始繞着牠的身軀把牠綁起，蟹爪無力地動了動，沒有再掙扎。

黃的交涉不知怎樣了？我站在那娛樂雜誌社樓下等他，一邊無聊地看着樓梯口的螃蟹。已經是秋涼的天氣，一陣涼風吹過來，我不禁走進梯口等候。但走近了，就聞到一股死蟹的氣味，又使我退出來。

我在附近的報攤買了份晚報，瀏覽一眼標題，翻了翻。黃從陰暗的梯口出來，身上一件綠色的獵裝顯得寬了，看來好像瘦了點。他激動地說：「我罵了那老闆一頓。」

我問：「你的錢討到嗎？」

「你的封面稿費，」他說：「過兩天才有。」

「我是說，你的薪金怎樣？」

「只討到部份……。」他說。「做了三個月只討到一個月。所以我大罵他一頓。當我廉價勞工嗎？我警告他……我知道這些人是這樣的，你要跟他們鬥兇。罵了他，下個星期就可以有錢了。」

他好像很肯定的樣子。我說：「那你現在有沒有問題，如果……」

他打斷我的話：「不成問題！我還有其他收入。」

他又說：「你的稿費，真不好意思。過幾天再打電話給你。」

「你有空嗎？去喝杯茶。」我心裏想着怎樣跟他談談喬的事。

他說：「我有個約會。」他舉起蟹綠色的衣袖，露出瘦削的手腕。他忘了帶錶。問了我時間，他說：「好吧，坐一會。」

我想跟他談談。但對着他又不知從何說起。他瘦了，眼睛帶着一種熱病的狂態。他看來有點弱，我不想傷害他的自尊心，不想就這樣告訴他我已知道他的事。我只好說着認識的人，說着近期看過的一齣外國片，從那裏說開去，說到自然的感情和牽強的感情。

「感情的事，局外人很難明白……」本來說着《柔膚》，不知怎的他已經說到自己的一份感情去了。他沒有明白說出名字，但我可以聽出來，他並不是概括地說對感情的看法，而是實有所指。他的愛慕和忖測，微弱的希望和可能的失望，有一個具體的對象在那裏。我擔憂他在心中塑的是幻象，恐怕這段迷戀到頭來沒有結果，因為他們距離太遠，又沒有真實的接觸。「感情，還是順其自然的好，」我說。但他時時表現出一種頑強的自信，使我動搖，覺得他好像未嘗沒有理由，他真是誠懇的，堅持下去，也許會超越通俗的看法，真能有好的結果。他保證表面的距離沒有關係，他有信心去克服它，他覺得愛情最重要是欣賞和了解，他想自己有這種能力。但也得要對方欣賞和了解呀，我說。他皺起眉頭，搖了搖頭，好像這些問題不消說自然會解決的。他表示有恆心和毅力，即使表面兩人性格不同，只會令他更好地去愛和補足對方。我可以感到他瘦削的胸間正在孕育一份巨大的愛。我順他口氣，溫和地加以勸阻：「但感情也要一步步自然發展才好！」這樣說不啻承認他們有感情。但我就像要阻止急流衝下的小舟，有時不得不順着水勢。

他搖着頭，面色陰霾，彷彿輕易受到傷害。我只好轉換話題。我說早兩日與林喝茶的事。我告訴他林又換了工，現在在建築地盤工作，收入比較固定，看來下一年的生活沒問題了。林這次又捱過來了。我記得他告訴我說，初來十里洋場的香港，在茶餐廳裏，見到牌子上的「咖啡或茶」，冒充內行地向夥計要「或茶」，林告訴我們的時候，帶着一份自嘲，說自己是大鄉里進城。一次又一次的，他在這城市活下來了。我指着茶杯，懷念老實地說起要「或茶」的林，然而我發覺，黃並不在聽，他沒有理會我，也沒有理會他自己，他的眼睛望向高處，他伸手不能觸及的一盆盆栽，或者一株美好的小樹。他好像夢囈地說到一個溫柔敏感纖弱的形象，他願意一生灌溉，我可以感到他的感情澎湃，小舟衝脫我的牽拉，越去越遠，急急順流而下，彷彿要撞向礁石，衝向懸崖。我無力地在背後呼喊：「你凡事要看清楚，不要魯莽呀！」

但我，我大概也被帶動了，所以下次喬把又一段剪下的詩詞給我看，我手裏握着這張紙，幾乎想為黃說一點甚麼。

似花還似非花，也無人惜從教墜。拋家傍路，思量卻是，無情有思。縈損柔腸，困酣嬌眼。欲開還閉。夢隨風萬里，尋郎去處，又還被鶯呼起。

當喬繼續說到別的事，比方英文部的羅渣借了本攝影集給她看，（「大衛咸美頓？」我不以為然地搖搖頭。）我還沒有放下它。不知為甚麼。（「這個人的攝影不是那麼差呀！」）也許因為黃剪的詩逐漸有點不同，也許因為我知道更多他的感情，所以隱約感到一點文字的線索。當然，喬仍然覺得這很遙遠。（「那不是我呵！」），但我又好像感到一點甚麼，所以不願就這樣放下紙，說文字是徒勞的。我想為它引申闡釋。我舉她熟悉的媒介為例。我從羅渣華丁的《吸血女殭屍》那個深夜穿着白衣在水邊踽踽獨行的孤弱少女（「可是，我沒看過這電影呀！」）說到路易布紐爾的《慾望的曖昧的對象》裏的康切達（「看過，這我看過！」）。我想我解釋得不大好，這種聯想只比較了其中一面。我只說了康切達這位西班牙少女孤弱、飄泊、變幻的一面，而對故事裏其他部份，例如作為敍述者的法國人的頑固的佔有慾，導演用兩個女演員來演同一角色的意義，以及整部電影的政治的弦外之音，因為不適合目前的例子，所以都略而不提了。（唉，我以為自己在寫影評嗎？）我想說的是那少女那種純潔與世故的混合，那種弱質無依又倔強獨立的矛盾，那種使男性又擔心又迷惑、又恐懼又猶豫的，模糊的情慾的對象。我只是隨手拿一部剛看過的電影舉例，不，不，我不是特別喜歡那女子，我可能說不清楚，就這樣說她性格是甚麼，沒有分辨說清楚那是敍述者主觀的看法，抑或是她本身處事亦有過份的地方，這樣說其實是不大恰當的（唉，我以為自己是在寫影評嗎？），或許我們每個人看事就是取自己印象最深的部份吧。我不大清楚，我的闡釋使那詞的意思更可感，還是更難解？那邊有人說：「喬，三號線。」談話就告一段落了。我發覺自己手裏還握着那張紙。

每隔幾星期見到黃，我都看見他陷得更深一點。朋友跟他說甚麼都沒有用了。他靜靜的，好像有一種無聲的火在那裏燃燒，他在那裏耐心等候發出的訊息會得到回報，他端坐沉思，希望自己做得更好，希望自己更寬大。就像現在，他沉默着，但並不是在聽我説話，而是在想甚麼，好像在笑，好像在想望，也許在想那他一日裏可能想過無數回的甚麼。然後，他説話了，片段的，叫人摸不着腦袋的，由這裏跳到那裏，然後，突然的，好像無意的，他會提到喬的名字。你可以見到，光是提到這名字給予他多大的快樂，他的眼睛亮起來，説話結巴了，不理你的打岔，他又回到那兒。一些生活的細節，一些閒談的片段，於他都成為珍寶，反覆摩挲。那名字的主人，當他有意無意地提到，偷偷地，不讓人知道又想人知道地提到時，變成矜貴的光彩的形象，那帶着愛觀察的，用濃密的情意解釋的，所有日常行為，即使最尋常的姿勢，都看成了善和美的表現。一件暗紅格子的襯衫，一件灰色的襯衫，不是實用的衣物，而是變成珍重的顏色，是每日千百次回到那上面的繫念。就像所有迷戀的人，思念變成一種儀式，一種混和了痛切和甜蜜，自我貶抑和自我提昇的節奏。桌上喝剩的半杯水、桃子的芬芳、一個竹籃、一張隨手畫就的素描、一齣大夥兒同看的歐洲電影、一句無心的好話，都一定許多個晚上在他腦中反覆輾轉，成為他每日溫習的功課，使他刺痛又變成他賴以生活下去的原動力。我聽着，聽着那些斷續的、曖昧的，聽着那些沒有說出來的話，逐漸的，我不忍心打岔了，我在那些好像無理的聯想和答話中一點點地感到了那洶湧的感情。我坐在那裏，聽着，任他有意無意地提到一大堆朋友的名字後偷偷提到那名字，那個他一定在無人的時候重複過千百次的名字。我不忍打岔，不忍剝奪他唯一的快樂。起先，在談話的時候，在說到她的時候，我說的是那個我們日常見面的人，在他口中，卻逐漸變成完美的形象，我說她工作做得很好，而他則說到善良和純真了。他開始去圖書館借畫冊，他設法進入那世界去了解她，他努力從自己狹隘的圈子出來，觀看超乎自我以外的事物，那些五光十色的顏彩答允了一個希望，那些異國情調的幻影是他超越這粗陋現實的途徑。

那些顏色和幻影呵。我抹乾淨玻璃桌面的水漬。長髮飄揚像水中散開的水草，一根根纖長的指頭。喬把一張幻燈片放在我的工作枱上，又撩開下面的白燈。甚麼幻燈片？我問。硬紙皮框着黑色的一小片，放到燈箱上像墨在手中溶化出顏色來。路易斯摩利斯？我問。搖頭。她又放下另一張，森法蘭西斯？又一張，傑信普勒？搖頭，搖頭。又一張。法蘭克史提拉？搖頭。討厭鬼羅渣留下來的好差使，我說，他這樣說放大假就溜掉，替他編版的工作就落到我們頭上，居然連話也沒跟我交代一句，十版，一句話也沒說，我喃喃自語在那裏咒他。他前天晚上倒是打過電話給我，喬說，叫我幫你弄妥，他回來請我們喝茶。我不希罕他請喝茶，我說，只要他每星期交來做封底的哥倫布探長甚麼的底片大張一點，不要讓樓下影房那個德國主管每次拿着做妥的封底搖頭說甚麼底片太小放不出來的找我麻煩就好了。而這時那邊那位慢動作的印度記者，就像巨輪一樣泊近我桌旁下錨卸貨，一大堆字稿嘩啦嘩啦落在桌面上，他眉開眼笑，指手劃腳表示任務完畢，拉響汽笛又再開行，轉回那邊，鎖上抽屜，又轉彎，慢慢駛向大門，他身旁掉下的紙屑，捲入船尾漩渦的水紋。在桌面這疊字稿中，我找到那位現居香港的外國藝評家對這畫會展覽的評介短文，他沿用夏勞盧辛堡和克萊曼格連堡評論五、六〇年代紐約藝術家的語氣和字彙，描述這一群香港藝術家的視野。我從信封裏抽出白紙，卻是片段的中文詩：

你以雙翼，以現代的悲哀蠱惑我
當戀愛只屬於那五月抽搐的嘴唇
你是那捲起的——孩子們眼中的永恆
記住你黃昏的轉折，你的影
你的影在紅紅的樹幹上

噢，那是我今天收到的，喬說。她本來放在桌上給我看，卻混到那疊字稿裏去了。那紅紅的影子。我們再回到那些幻燈片上面。霧靄的漩渦、爆發的峽谷、分崩離析的山脈、倒錯破碎的風景，噴射、狂亂、旋舞、嘶啞的吶喊，不成說話的斷句、盲動帶來的疲倦，掛滿裝飾的空虛，然後，逐漸的，破碎，再破碎，啞默了，空白了，走回小室，疲累的，抹去背後的歷史，只剩下自照的鏡子，純粹的顏色，數學般準確的圖案，逃離了那蕪亂的聲音、重濁的呼吸、手肘的擠迫、人的髒亂，到達一個清潔的寸草不生的境地，美麗詭異的純粹，我們仰望，那影子中的影子，顏色中的顏色。喬稱讚這張畫，她又稱讚那張，她喜歡顏色，（好像法蘭根海拉一樣！）她喜歡那種——

現代的感覺。怎麼沒有人呢？我問。她俯下頭，長髮垂入玻璃的湖水中，窺進那些底片裏去，她的手指撥開它們，像蝴蝶的翅膀。這裏，她說，有一張人像，我接過來，在那狹窄的畫面上，可以隱約看見人影。左面的像是一個婦人，她身上交叉的花紋像是一條孖帶的痕跡。那她是個孖着孩子的中國婦人了？但是，那花紋也可能只是衣飾，一切都很隱約模糊，眉眼沒有任何特徵，粉紅的影子，裝飾性的纖美。快點，讓我們把它們排起來吧，喬說。我抽出畫版紙，平鋪在桌面上，量度字稿的尺寸。喬把標題遞給我，至於那些畫，最好全部都用，她說，不然會有人不高興的。還有不要讓誰的畫放得比誰的大，是不是，我說。喬笑起來。那還不容易，我說，我們就像切豆腐那樣一塊塊一般大小的平排在那裏不就公平了？喬又笑起來，啪啪啪啪的硬卡紙嵌着的幻燈片掉了一桌。

又一次，我和黃走向那爿茶室。那份娛樂雜誌已經關門了，黃始終沒有追回他的薪金。螃蟹已經不在了。我走過時就想到牠們怎樣緊紮不動，怎樣有幾隻還是不住冒出一串小小水泡，像一串小小的虛幻的玻璃果子，然後又破碎了。黃仍然穿一件黃綠的衣服。但他不是螃蟹，他越過牠們原在的位置，舉起臂，撥撥頭髮，他仍然在掙扎。

近月來，逐漸的，我看到黃的變化。他的衣服沒有那麼整潔，他的上唇和下巴殘留着鬍鬚的渣子。我想他精神不好，我見他吞服藥丸，但他甚麼也沒說，他沒有誇張，或者他沒有能力說出：他的痛苦。我想他整個人也陸續有了很大的轉變。最先認識他的時候，我有時不大喜歡他，覺得他有點裝腔作勢，我有時看他，也會帶點諷刺，但知道了這件事，又單獨與他接觸多了以後，雖然我不能說同意他做的事，逐漸的，卻可以比較真實地感覺到他。在這多個月（也許更早，也許已有一年多）的迷戀之後，由於他的沉迷，由於他的苦思默想，由於他在焦慮中的反省，慢慢的，一個比較弱，但亦比較誠懇的黃好像想掙扎出來了，超乎他所閱讀的報刊專欄雜文對感情的意見，他面對一樣巨大無法把握的東西，設法去了解它，走向它，但他還沒有那樣的能力。他看來更柔弱了，眼睛沒法注視別人的眼睛，他有點敏感，有點警覺，對自己非常沒有信心。那侵略性的一面粉碎了，粉飾的言辭和行動收斂了，只有垂下頭突然睜開眼睛，從下面瞪着人，警戒的，過一會又放棄地移開了視線。我知道他離職後跟喬喝過一次茶（也許和菊一起），他屢次提起這事，好像是他最珍貴的記憶，但最近這幾個月，他先後約過她兩三次，都被她拒絕了。這樣的事他現在也不向我掩飾了。是不是我做錯了甚麼呢？他問，是不是我做錯了甚麼呢？他説有一次喬和菊去喝茶，他知道了也去，坐下沒多久喬打個電話回來就説有事先走了。是不是她對我有甚麼誤會呢？是不是有人説了甚麼閒話呢？他緊緊地捏着杯子，好像怕失去了它似的。我説你不要敏感，喬就是這麼忙碌，何況她並不知你的感情。他沒有聽我，只是説：會不會是我説錯了話，你知我説話最不小心了。他不斷檢討自己，用最嚴苛的標準來怪責自己，他喃喃自語道歉，連不一定是他錯的事也怪自己。他心裏有極大的恐懼，恐懼失去她，這對他來説是不可想像的事，他恐懼沒法接觸到她，恐懼沒有機會把他對她的無條件的愛、一種他所能奉獻的最崇高的理想，獻給她。而他最恐懼的，是她會誤會他、討厭他、避開他。他為此不斷挑剔自己，怪責自己，他用頭碰旁邊的牆壁，好像語文失了效，只能用暴力表現出來。過度的自我卑抑以後，他會感到無限委屈，好像在憐惜自己，眼淚湧上他的眼眶，在鏡框後潮濕發光了，然後他趁我不在意的時候，偷偷抹去它。我假裝低頭喝茶，用手抹去桌面的茶漬。他心裏一定很亂，有時他覺得自己為對方做了許多，但一切都浪費了，沒有結果。有時他焦慮了，開始懷疑她，懷疑他的理想，有時他會覺得她無情，有時他提到日常的例子，感到他被歧視，無端妒忌起來，他真正憤怒了。然後過了一會，他又帶着無限的忍抑，把這一切壓下去，謙卑地，希望自己做得更好，努力不要心胸狹隘，設法自己開解懷疑，保護那美好的形象不受玷污，重新建立他的信仰。

那樣的感情呵。可是黃，我該不該告訴你，你又知道不知道呢，關於別的感情。比如說，菊。就在昨天，我和菊，上膳堂吃午飯。本來叫馬一起去的，菊說：「馬今天佳人有約。」我回頭一看，他果然全副武裝，不但全套藍色西裝，紅色領帶，還在左邊口袋露出一方絲帕。他向我們揚揚手，神氣地走向大門。菊把雜誌上的照片給我看，一個電視新人，目前在長篇劇集裏演大家庭裏的小女。熊把頭伸進來，無限羨慕，說到身段甚麼的。菊和我交換眼色，借故走開去。喬在後面叫我們等等她，還未走到大門，熊在後面喊菊：「馬的電話！」喬碰到那位印度記者，正在說笑。菊走回來時說：「馬今天要失望了。那位藝員剛來電話說臨時有事不能赴宴。」我們不禁笑起來，走上膳堂時，喬從後面趕上樓梯，說：「真長氣，我真怕了他。」我猜她指的是那記者。喝湯的時候，菊有點沉默，倒是喬在說去了看英文版報導的那個畫展。菊把麵包撕了一角，塗了牛油、拿起來想吃，又放下了。喬說到羅渣從倫敦度假回來打電話多謝她，「也多謝你。」她說。她說到紅紅綠綠的鳥兒，像她家中那些，在酒會的一角，她說的酒會，不知是畫展的酒會還是私人派對。她說到湖泊和高原，還有一個騎在馬背衝下來的人的威風，不知是照片還是旅行所見。她說到紅紅的落日，我還以為是畫展中的一張畫，後來才發覺是看完畫展後坐在沙灘上看到的，有一個外國人走過來搭訕，問她是不是也是遊客，問她的名字，喬說：「在這些情況下，我總是不把真名告訴他們，胡亂編一個名字算數。」她又說：「有一次後來有人打電話來我家裏，要找那個babysitter呢！」她笑起來，對這個惡作劇覺得挺開心。菊放下刀叉，說：「你倒是把電話號碼給了他們。」喬沉默下來，我不知她是不是感到了菊話裏的批評。

又一次我走向黃，想着他近幾個星期來電話中的焦慮不安。因為他用盡方法也沒法接觸他愛的人，他活在自我懷疑裏，好像他整個人的價值觀念逐漸瓦解，而他又還未有能力建立新的。我走前去，看見他站在街角，佝僂着身，好像在大風裏彎起肩背盡力保護胸前一把火焰，不讓它熄滅，而他孤弱一個人又是這麼無能為力。我走近他，他回過頭來，沒有預想中的狂亂，愛情使他壓下心中的暴烈把憤慨化成溫和，在這迷亂裏偶然也有比較平靜的時刻，比方現在，當他告訴我，進電視台當編劇，他對創作仍有希望，他語氣平靜，沒有以前的誇張，準備好好工作。微風吹動，有點寒意，當我們走前去，風吹紙屑，環繞我們腳跟飛舞，而黃暫時是平靜的。他不擅說及自己，他說的是對方的好處，對於對方的憂慮，我想到昨天喬拿給我看的信封，裏面新剪下的詩：

長堤

狹道

風吹

秋草
愛人呵
莫過
草長
露多

就這樣收到這一首詩，對喬來說是沒有意義的。但當我知道黃種種複雜的憂慮，我又似乎隱約可以了解，可以在沒有關連的地方看出關連。比方現在，當黃把自己沒法與喬接觸的委屈放過一旁，全心不計較地去愛，讚美她的善良，憂慮她的孤弱，希望有機會讓他去扶助她。在這樣的時候，當風吹着，當我們漫步走前去，當黃顯得那麼平靜善良，一切好像都會好轉，一切好像都有希望了。愛是好的。不過，慢着，我說到愛，但事實上這不是一段完全的愛情呵。我突然發覺，自從我發現了黃的秘密，我是逐漸同情他，從他的角度去看了。但是，還有喬的感受呢？

電車向西行駛，慢慢搖着，外面又下雨了。剛才經過銅鑼灣的時候，喬說：「下雨，我等雨停了再下車罷。」等雨停了，她說：「不，這樣坐很舒服，再坐一會。」她沒下車，現在，雨又落下來了。她用手指隨雨滴在窗外流下的弧線劃下去，我想起童年時自己一個人也常常坐在窗旁看雨，用手指去感覺玻璃窗的寒冷，也許也這樣，隨着一滴雨劃下去。喬在說水，落下來的雨水、一個玻璃杯裏盛着的水、尼亞瓜拉瀑布衝激的水、羅馬噴泉湧起再落下來的水、大衛鶴爾尼畫中洛杉磯後園的澆水器灑在草地上的水、泳池裏的粼粼水光、夜晚避風塘的波影、艇底盪漾的水流、綠色的豆湯、紅色的紅豆沙（上面加雪糕，叫做「紅白」，在銅鑼灣一間小吃店裏有得吃，你知道不知道？）壺裏沸騰的咖啡，杯裏豎着茶葉的中國茶、春天池塘裏的變化、水晶球裏的水（那些是不是水呢？）夏天的汗、眼波的流轉、忍在眼角的淚、愛人唇角的涎沫、甜熟的李子的汁液、椰子裏面的椰青，各種各樣的水，搖漾的、動盪的（像一輛電車），變幻的，閃爍不定的（像電車輾過的一灘水漬），她說林有一次說她是屬水的，人們分別屬於金木水火土，而她則屬水。那是甚麼意思呢？我想，是說人像水一樣柔弱，水一樣包容，水一樣安詳，還是水一樣變幻？不，她用手比劃：揮發成為白茫茫的蒸氣，轉變成飄忽繞着人輕轉的霧，落下來成為點點的雨，敲在石板路上是叮叮的雹，柔柔軟軟抱在懷裏是雪，凝結了枝頭一卷柔和新葉的是霜。她的想像騎上駿馬，她揮動畫筆，給這裏那裏添上色彩。我們去到上環，下了車，又轉另一輛電車回來。去到灣仔英京附近，她拉我下車。我們踱路，走到銅鑼灣，我說你到家了，不，她在總統外面，又擠上一輛電車，我送你回去，她說，我還不想回家。於是我們第三次坐上電車。電車駛回來，外面雨已停了。我不想回家去，她說。電車慢慢搖着，人漸漸少了。我很喜歡電車，這樣搖呀搖的，她說，有一天我要畫一幅電車的素描，她笑着說：我也給你畫一幅素描好不好？我也笑起來：你說過的話要算數才好，有時你說過要做的事，過了一天就忘得一乾二淨了。她垂下頭，過了一會，她輕輕地說，是了，為甚麼我有時會那樣呢？我這次一定要說了就做才好。在這樣的時候，她看來很單純很信任人，好像在誠心想自己的事，輕柔地作一個允諾。電車慢慢搖着。我真可以就這樣在車上睡過去，她說。我不想回去，她說，我很害怕那些電話的聲音，它們響個不停，當我不接的時候它們一直響下去，有時又好像有人在按門鈴，即使沒有人按門鈴，我也疑心有人站在門外的走廊等我。絲絲細雨又再飄落在窗玻璃上。他為甚麼要寫那些信給我呢？為甚麼要找我呢？她輕輕地喃喃自語。我忽然明白過來，她大概已經知道是誰寄那些信給她的了。

八

燈火通明，他們正在拍戲。白把我帶到華身旁，就走開了。我坐下來，跟他點點頭，他也點點頭，但我不曉得他認不認得我。我許久沒看見他了。現在他穿着古裝戲服，因為沒有上場，所以解開幾顆鈕扣。他臉上敷了粉，嘴唇塗紅了，整個人看來那麼不真實，好像是從畫片裏走出來的。周圍沒人說話，我也坐在那兒，聽着遠處一個女子一字一字的唱：山影送斜暉，波光迎素月。我按着地址去到那門前貼着揮春的舊屋，一個看來有點邋遢的青年開了門。唐？他說：這裏沒有姓唐的。一樣西風，吹起我新愁，萬種。一個老婦人從裏面窺望出來。我問他可知附近有姓唐的嗎？他搖搖頭，就把門關上了。消息隔重簾，人似天涯遠。我走下石級，以前華的房子現在也不在了，我也不知道該往哪裏找他。走下石級，我發覺沙田變得很陌生了。芳心更比秋蓮苦，只怕夢也難通……

那歌聲吸引了我。我不知他們是在拍戲，還是排演。人們圍成一圈站在那邊，阻擋了我的視線。我只偶然看見一角袍袖，一下晶瑩的閃光、琵琶和三絃的試探，橫簫和洞簫的暗示，鑼鈸的掩飾，突然全都淹沒於人們哄鬧的聲音中，叫我不知發生了甚麼事。我看不到演員，但逐漸的，那聲音吸引了我，叫我彷彿看見一個女子正在婉轉表示自己的感情，我加入了自己的記憶和想像，我感到那迷亂的心情，我認得那些默默受苦的人們，如果可以，我願意幫助他們做點甚麼。當我凝神細聽，歌詞有了生命，彷彿有一張臉孔，在我旁邊呼吸，我可以感覺那轉得急促的歌聲傳達了迷亂的心情：我寄語秀才應自重，似覺月影窺人柳浪空。抑捺不下的感情開始洶湧，正如文字反覆迴旋，無法收結：意亂情迷難自控，難自控，秋心尤似舞梧桐……結尾的拉腔收聲，牽拉着心情的起伏徘徊。當她說：獃秀才，那獃字裏混雜了責備和欣賞，是欲拒還迎的眼神，亂了的腳步。幾聲嘆息，是無奈，又是答允，是想回去又停下來，是擔心虛幻又是堅持，這樣的幾聲唉：唉，唉，鏡花水月原是幻……任教鐵石為心也動容。是她下船了嗎？是她上岸了嗎？依戀的夕陽捨不得離開山頭，風來回撩撥錦帆，輕舟在水上盪漾不止，濕滑的春泥和癡纏的柳絮。輕銷意馬繫心猿，借嫩柳深藏情萬種。那女性的心的猶豫，那收束和開放。當她敞開心懷的時候，追求感通，感激對方的了解：有個書生，得解我悲痛，拂柳相對，無語情半通；收束的時候，覺得一切盡是空幻，自悲自抑，過份傷懷和過份的敏感，嗚咽着帶淚還琴，說請從此別，言盡於此矣的「言」字盛載了所有傷感的重量，彷彿文字就這樣到了盡頭。但是，不，不是就這樣就到了盡頭。即使在悲痛中，在外界的威迫之下，在心情半開半閉的猶豫間，在離別後，在懷念中，仍然掙扎出那坦然示愛的聲音：美哉少年，美哉少年。在那紛亂的人聲之間，那是誰的聲音呢？輕柔中有一份堅持：也不過臨風遙讚好儀容。在險惡的處境下仍有這不屈的愛的聲音。這人的聲音，沒有計較，沒有猜疑，坦開心懷的信任，深情地看到對方最好的一面，不害怕坦露對於對方的欣賞，永遠希望對方好和更好的想望的聲音。一下子，雜聲又起哄了。但那女子的聲音，帶着那婉轉展示的深情，仍留在我耳中。

我回過頭來，看見華在我身旁。我可以看見他眼角的皺紋，面頰鬆弛的肌肉，他見我在看他，又轉過來，和善地笑笑。人們都在談話，大概是拍完一場休息，所以我也跟他閒聊起來。我說到幾年前那個訪問。人們搬着佈景在我們身旁經過。他仍然記得，雖然細節大概不清楚了。有兩個人揮舞長劍，假裝格鬥在我們身旁跳躍過去。我跟着説到大姊和你，自然也説到你的病。她怎樣了？他問。有人要借用空位，我們只好站起來，看別人移開椅子，騰出更大的空間。他也很久沒見到你們了，他想知道你們都好吧。我不知怎樣説，只是簡略地説你精神不大安定。我們站在無人注意的一角，一個人挾着一座山經過，一個人挾着小橋流水，一個人挾着後花園，一株松樹猛地撞上他的腰，他用手去揉它。我説瑤最近在剪紙。哦，剪紙，他説。我不知該怎樣説，我就説她每天大半時間都坐在桌前剪紙。好一對盈盈秋水窺人眼，指花為葉在田間。一個人捧着一疊烏紗帽走過，還有一壺箭，一叢劍，跟在後面是十頭白毛黑斑的馬兒，悠悠走過，頭兒兩邊舂米似地亂擺，嚼掉了花卉和書本，華連連後退，才避過牠們。女子的歌聲揚起，不知是不是同一個女子，在人聲中一把清脆的聲音。花客負了紅梅在眼前。從暗示到明朗：尚有花魁顧影憐，亦任你來獨佔。

地下冒出煙霧。大概是春寒料峭，我隱約看見那邊好像有人搬動乾冰，有人搬風扇去吹，但眨眼間煙霧瀰漫，又甚麼都看不見，也許是我看錯了。人們在我身旁匆忙跑過，我轉過身，華已被人潮擠開，不知去了哪裏。在煙霧的隙縫中我見那邊的兩個姑娘正在試唱，一個反串男的：哦，估唔到我落拓之情，何幸尚有姑娘憐我……另一個唱：何愁斷了弦，退歸武陵源，住繡谷棄俗緣。得花氣再薰暖繡竹苑。請將佳客姓名傳。一個接口唱：我是山西館客喚裴禹。另一個跟着唱：我慕君風采，早經夢裏牽。靈巧的對答。婉轉投懷的女子的勇敢與害羞：相思店，曾未同渡客船。終身靠郎憐。她的眼睛一定是轉向他，帶着溫柔的托負。一下子，她披亂了鬢髮，聰明地裝瘋來渡過外面壓來的危機。即使在裝瘋的時候，仍不忘可愛又頑皮的逞才，好像小孩子賣弄聰明待人稱讚的樣子，仍不忘驕嗔地示愛：冤家，我未許歡情淡。交纏呼應的音樂與文字層層轉出機智。已經脱難。愛根已蔓。在紛亂中仍有隱約示愛的餘裕。歌聲起伏轉折，就像包容的感情幅度多層多面。那女性的心中有隱約的妒忌：休向慧娘説，絃斷情還在。但這也可以寬心變成深情的信任：聽你一句話淩亂五內，添羞態，杏臉難抬……煙霧瀰漫，我們可以看見那些強烈的燈光逐漸沒入霧中，變成白色光暈，然後霧愈來愈濃，白色籠罩了一切，我們看不見人的臉孔了。頓覺陰風撲來霧罩寒衙。霧裏咫尺顯真假。那是鏡裏的花，水裏的影，一把紙傘裏藏的女鬼。初更風動。那頑皮的失蹤，那愛情中的疑幻疑真，患得患失，就像蕉林午夜張傘引出的舞蹈奔馳，燈光的一明一滅。笑三聲，哭三聲，梅開再世。在霧裏隱約可以看見一張女子的臉，又一張女子的臉。那編曲的人一定是懂得那種種情態，所以編出一個深情的女子，在悲慘的命運中堅持不移，又編出一個開朗坦然的女子，遇到坎坷時機智應付，到了最後，蕉窗魂合，倩女回生，兩個人的素質重疊，所有輾轉變化的情態都匯合在那上面了。我聽着那婉轉的歌聲，想着這劇是對深情的讚美。在這劇裏，是這女子情深一片，是她主動創造，是她勇敢地為事情尋求解決的方法，是她庇護那膽小的書生，是她有分寸地為朋友分辯，是她為一份感情感動永遠不忘。那女子在霧裏歌唱，那美好寬大深情的形象，一時在我們左方，一時在我們右方，變幻不定，到底在哪裏呢？莫非你騾借雲煙駕霧來，傍花台形還在輕盈立翠竹外，似奇花異草幽閣夜半開。她在哪裏呢？我回過頭去，看見華站在我身旁。他的汗滴下來，混和了脂粉，顯得有點髒，他正在吃一塊三文治，咀嚼時額角努現了青筋。他炒股票破了產，結果又回去演戲，白說，我可以帶你去找他的。他呷一口罐裏的啤酒，就嗆咳起來了。我說：其實我來是想問你唐的事。他現在住在哪裏呢？玻璃下壓着他的訪問，還有他的地址，他是一個剪紙的人吧？他現在在哪裏呢？我一連串的問話，只換來他的沉默。他低下頭，沒有回答我。分明是臘影搖搖花影動，你當是娉婷婀娜玉人來。三更除非鬼渡人，荒園那得紅裳在。他是住在沙田吧，我又問。他抬起頭來，說，不，他不是住在沙田，不，唐從未到過香港。瑤從未見過唐師傅的，他說，疲倦地搖着頭。唐是教我剪紙的師傅，早幾年在文革中過世了。我推衾欲抱如花影，你笑指鏡湖江上月。煙霧漸漸散去了，我們腳下盡是錯亂的形形影影。我不解地站在那裏，我以為找到答案，怎知又失去了答案。

有人在調動燈光，推移鏡頭，排演走位。有一個留鬍子的演員，穿起唐裝，在攝影機前舉起劍，但他下身只穿一條西式運動短袴，看來很荒謬。一個人哈哈大笑，一抹臉，原來滿面憂愁；一個人說着掛念和關懷，一下子，又轉過去排演憤怒與毆鬥。跟隨一雙手的指揮，按鈕的調動，紅燈和綠燈的閃爍，有人吞火，有人打鑼，有人用木劍向頸間一抹，排演自刎。一下子是六月降雪，一下子是蕉林冷月，手揚起那一刻，人物呆住，好像一張沒有生命的硬照，一張剪紙圖案，感覺不到它的意思；但袍袖一揮；每個人把生命放入那些角色裏，於是他們又再活轉過來。不同的聲音在唱，頑皮的聲音，平正的聲音，猜疑的聲音，慰撫的聲音，深情的聲音，信心的聲音，所有這些聲音混成此起彼落的合唱，把死板的造型硬照起死回生，變成有生命的故事。蕉林冷月窺梅徑，紙蝶飄揚倩女靈，還魂早有回生證，借屍能續再生情。每個人都在唱，歡笑和嗚咽，汗滴和淚滴，抑鬱在暗室的，坦露在陽光下的，我們每個人各自做自己的角色。華剛笑過也皺過眉頭，現在正在用紙揩額角，好像在把一切揩去，麻木而疲倦地坐下來。他用力抽一口煙，也許他也有自己的煩惱，我想我還是離去吧。我環顧四周，想在煙霧中找一條出路。可是他回過頭來，叫住了我，把電話寫給我，叫我有甚麼事打電話給他。我相信他是誠心的。我點點頭，伸出手來跟他握了一下。我慢慢走出來。已滅青燈吐火星，托屍轉世有還陽令。那人的聲音還在唱。隔開一行

九

我拉一張椅，讓喬坐下，然後讀那封信。那不是書上剪下的詩，是報刊上剪下的破碎的句子：

在街頭站到凌晨
請讓我解釋
小心呵
見面
我道歉
死

我剛看完，熊就走過來，站在我的辦公桌旁笑道：「沒有事做呀？」

「封面的版樣，不是剛交給你了？」

「下一期的內文呢？」

「字稿還沒有來。」

他的眼睛，骨碌碌溜到信紙上，臉上依然掛着那個微笑。「寫稿呀？」我也笑笑，搖搖頭，輕輕把它折起來，放進口袋裏。他又跟喬說：「這麼閒？」喬勉強笑了笑，她穿淡褐色衣服，臉上也帶着淡褐色的影子，有點蒼白，頭髮束起來。熊沒話說，又走開了。

我再打開那張紙。我自從上次見過他以後，以為他心情安定下來，事情顯然不是這樣了。

「他第一次打電話給我，我覺得很意外。我問他，新的工作好嗎？他說好，就沉默了。後來他約我出去喝茶，我去了，他沒有甚麼話說，好像有許多心事。我說甚麼時候一群人一起喝茶吧，他又沉默了……他後來打過幾次電話來約我出去。我沒去。後來我就很怕聽他的電話。」

她垂着頭，隨手拿一把𠝹刀去刮桌面的膠紙痕跡。半截膠紙黏在那裏，她用勁刮。她放下刀，又用另一隻手去揉眼睛。「他會不會傷害我？」她問，望着我。

我搖搖頭，我嘗試向她解釋黃的感情。她打斷我的話，她說得很急，又有點生氣，說人們得不到甚麼就要加害，她說的是以前這裏一個外國記者，約過她幾次，她拒絕了，後來就說些令她難堪的話。

這樣看對黃是不公平的，他也許拙於表達，但不致於傷害她，但過去的經驗，令她作出這樣的結論。這使我想到，他們彼此又有多少真正相處了解呢？是誤解帶來幻象，帶來恐懼。我向喬提議說我們不如約黃見面當面好好說清楚。喬連忙搖頭，恐懼地說不要再見面。

我說黃可能只是不知道怎樣表達他自己的感情，喬說：

「但這完全不是愛情呵！他根本看不到真正的我！他又甚麼時候照顧過我呢？」

我為黃感到難受。我知道，如果有機會，他是願意用全部心力去照顧她的。但我也明白喬的感受。問題是，他們兩個人即使同在香港長大，但背景不同，經驗不同，表達感情的方法不同，自然有了鴻溝。一方面覺得付出了全副生命，另一方面卻覺得無端受騷擾。我沒法把這意思傳達給喬。她指着末尾幾個破碎的意義含糊的字：

「他為甚麼說死？他是不是要傷害我？」

她有點激動。這裏文字是有點含糊，但我想他絕不是要傷害她。

「我根本跟他不熟……為甚麼偏要選我，要寄這樣的東西給我？」喬的頭垂得低低，彷彿有甚麼沉重的東西壓在上面，叫她透不過氣來。她抬起頭，望着我說：「為甚麼這樣呢？我不要他為我而死。他為甚麼要威脅我？為甚麼有這樣的誤會？為甚麼，你告訴我……」

她一把抓着我的手，說：「你告訴我！你幫幫我……」她的聲音也沙啞了。我看見她白皙的頸間有一道淡淡的紅印，好像一道瘀傷，好像是被甚麼鉗住咽喉，說不出話來。我的心也慌亂了，一時不知怎辦。

熊又走過來，把一疊字稿遞給我，我伸手接過來。他說：「你先設計歌唱比賽的幾版吧。」

喬站起來，輕輕走開了。

「沒有照片？」

「先留位吧。照片下午才有。」他也走開了。

我抬起頭，看見喬褐色的背影，頭髮緊束在腦後。她一直走到遠處，也沒跟周圍的記者說甚麼。好像避免跟人接觸的樣子，跟平日像是不同的兩個人。我推開那疊字稿，把它們推過一旁。我忽然有點生氣了。我不應讓熊這樣打斷了談話。我坐在那裏，過一會，又把字稿拉回來，想不如趕快畫好這幾版。結果，過一會，又把它推開去。我想到喬需要人幫助。我站起來，走過去英文部那邊找她。

她不在那兒。我走下樓梯，在版房走了一圈，她不在那兒，我又走上樓上的膳堂，她也不在。我走下樓梯，卻在梯口碰見她。

我叫她中午一起吃午飯。她說羅渣剛約了她。她看來平靜了許多。我說甚麼時候我們再談談，也許我再找黃說說。她遲疑了一下，說：「不如我下午來找你吧。」我說我會在版房。她說五點放工來版房找我。

下午在版房裏，當我往口袋裏掏香煙，才發覺那張紙還在我袋裏。我又再拿出來看了一遍。那些不同大小，不同字體、剪拼在一起的字。我可以想像黃很辛苦，他借它們來表達他蕪亂的感情。它們是面具，遮掩了他也坦露了他，保護了他也歪曲了他。他現在到底怎樣了呢？

新來的年輕的馮坐在桌的那邊，他抬起頭，不解地望着我。我沒有解釋，這樣的事是沒法解釋的，我把信摺起，再放回口袋，走去影房取照片。

在影房門前，馬正在打電話。我聽見他說：

「撈世界不是這樣的……這筆錢如果誰吞了，都不得好死。那個下注的人，不是善男信女……昨天那裏有幾個人向我喊打，他甚麼也沒說，只是說：叫你朋友，這個星期內搞掂……」馬聲音沙啞，回過頭來看見我走近，便壓低嗓子，好像不想有人聽見。

我取菲林出來，還聽見他在說：

「……不然走到天涯海角……」

我起先以為他在說笑，但我見他面容嚴肅，聲音急促，像一具破損的樂器：「這筆錢無論如何要嘔出來……」

我回到工作桌旁。馮問：「甚麼時候可以走？」我說：「做完這幾版吧。」我們已經做了四版，還有六版。我分一半給他，大家埋首工作起來。

熊這時才下來，他翻看做好的版，看到歌唱比賽的兩版，他說留的空間太闊了。事實是貼好字稿後，下午才發覺不夠照片，我想讓版面不要太擠迫，就在標題附近留了空白。他說要每方吋都有東西看，寧願移密了版，再補個參加綜合節目的表格，我只好改。

馬在那邊說：「咦，怎麼這麼靜？」他又唱：「我地呢班打工仔……」但他的聲音不知怎的有點顫，笑有點勉強，歌詞說的，並不能準確表達他此刻的煩惱，那歌變成胡言，不適合的面具。

負責傳遞的雄仔走到我身旁說：「喂，老闆有事找你。半個鐘頭之後上去老闆房。」我說甚麼事？他聳聳肩。我看看錶。熊在旁邊說：「咦，好消息！加薪也說不定！」他今天心情不知怎麼很輕鬆，他交代了叫我們交版，便先走了。

「我地呢班打工仔……」馬又重複他的歌。

馮問他：「你上星期又贏了錢？」

他遲疑了一下，說：「贏很少。有一個朋友贏了大錢……」

馮很羡慕：「這星期有甚麼路數？」

於是他們翻開報紙，一起研究。馮掏出一塊錢交給馬時，菊剛進來，她笑道：「馬又度一個人升仙了。」

我想問菊黃的近況，又不知該不該直接問她，最後還是問了：「最近有見到黃嗎？」

她點點頭，臉上的笑容收斂了。

我問她電視台編劇的事做得怎樣了。

「他沒做了。」

馬接口說：「黃的脾氣就是太硬，在這個社會做事，過份清高是不行的！」

「不是這樣，他是病了沒做。」菊為他分辯說。

「甚麼病？」我這才知道他病倒了。

停了一停，菊說：「沒有甚麼事。」我有一個感覺，她好像在隱瞞甚麼，她好像在保護黃，不願意承認甚麼事。我正在想，卻聽見馬說：

「……還有感情的創傷！」

我們都沒有接口，我希望他不要再說了，但他偏說下去：

「其實喬換衣服就像換男朋友一樣。黃就是不甘心，太看不開……」

我忍不住截斷他的話：「根本不是這樣，黃和喬沒有發生過甚麼事，喬也不是那樣的人。」

「你又怎知道？別人不緊張你緊張來分辯？你這樣熱心，是不是自己有野心？」馬哈哈大笑起來。

我立即知道他誤會了。這使我也生氣起來。他一貫冷嘲的態度，叫他凡事猜疑，往壞處去想。我本以為自己是個調停的中間人，一下子卻牽涉進去了。「電話！」那邊喊。「電話，馬！」菊喚他一聲。他有點愕然。聽過電話回來，面色沉重。他有他的擔憂，我有我的，菊也有她的吧。剛才的問題，懸在半空，誰也沒有再談。雄仔再在門口向我打手勢。我叫馮做完他那部份先走，我一會下來做完再交版，這便上樓去了。菊與我一起走出來，在樓梯上，她說：「剛才馬胡說的話，你不要介意！他最近也是心情不好。」我看看她，她好像隨便說一句勸人的話，又好像真正明白整個局面。她平凡的舉動裏面有一份堅決。我說：「黃到底怎樣了？」我又說：「我今晚想去看看他。」走到樓上，她點點頭，說：「看看他，多個人跟他談談也好。」

老闆是個高高瘦瘦的外國人，我在他對面的沙發坐下來。他客氣地問了些工作的情況，然後他突然問我是不是最近開始替一份中文報紙寫專欄。

我說：「是的。」我奇怪他怎會知道。

他說我們機構原則上不希望僱員在外面兼做同類工作。

我說我寫的是個散文專欄，有時寫些書評或者甚麼的；我在這裏做的是美術編輯，負責的是中英文電視週刊、哥爾夫球雜誌、旅行雜誌之類的封面和內頁版樣設計，兩樣東西並沒有相似之處。

「但如果你寫明星稿……」他說。我不禁笑起來。熊不知從哪裏知道我寫稿後，第一句話就問：「是不是寫明星稿？」在這機構裏，似乎文字就是明星稿的意思。我搖搖頭，說我不打算寫明星稿。

他看來有點半信半疑，他說他沒法肯定。那些陌生的文字對於他一定是危險的。

「你寫那個專欄有很多收入嗎？」

我搖搖頭。他聳聳肩，表示不明白。最後他說：

「也許到頭來你要在你的工作和你的專欄之間作一個選擇。」

「我會的。」我說。

回到版房，他們已經工作完畢離開了。我坐下來貼完版，把它交進去。

已經過了放工的時份，喬還沒有下來。我坐在沒人的版房裏等她。不知為甚麼，我心裏有點不舒服。等她的時候，我拿出稿紙來，準備寫明天要交的一段稿。桌面上有植字的碎屑，多植了或錯植了的字句：「沒有人了解我，沒有人關懷我」、「人生是一個妥協的過程」，「寧願保持一個美好的形象，好過日常的接觸」、「剎那的美就是永恆」……白紙上的黑字，窄窄小小的片片紙屑，它們看來那麼熟悉，好像是流行的成語或者格言，我想真正找出自己心裏不舒服的原因在哪裏，想從別人習慣的結論那兒掙脫出來，我看前面這些字，看它們可以不可以幫助我，可是它們都不適合我，我只好把它們掃過一旁。是在嘗試實在寫下自己感受的時候，我開始反省一日裏遇到的事物：一張貼上剪下來的字句的信、紅色膠紙的痕跡、一個棕色的背影、偶然聽見的電話裏的半句話、重新排密了的一頁版樣、一個高高瘦瘦的外國人聳肩的動作……在凝神回想的時候，我有機會撇開空泛的概念、集中細想每件事具體的樣貌。事物變得清晰了，於是許多不相干的事物間的關連好像逐漸浮現出來，外界和我的關連好像漸漸清楚了。是甚麼使我們想去寫某些事呢？是當它們吸引了我們、騷擾了我們，使我們愉快或不安，帶給我們挫折，或者令我們不知如何是好，過後我們寫這些事，為了反覆思考，想了解是不是有方法可以做得更好。因為要寫，我開始想自己和別人。我先是看着這張燈掣壞了有時會不住閃光的燈桌，想到自己的工作，想到這份工作做不長了。從我自己的工作，又想到那些與我一同工作的人，想到馬、菊、林、熊、喬、黃，還有其他人，例如陳、冼和莊，還有當記者的積信和珍妮和法蘭西絲，還有美術部工作做得不錯的文傑，還有喜歡音樂和看黃春明的恩（現在是不是在日本呢？）還有善良聰慧的敬民（現在是不是在夏威夷呢？）我懷念的人物。即使是在一所傾側的機構裏，還有不少人誠實地生活和工作。而從這一幢海旁的大廈，便也想到樓下碼頭海旁垂釣、散步和工作的人們，街市裏的人們，路上熙來攘往的人們，除了那眼見的，還有那看不見的。我在想人們的關係，不同的人種種觀看事情的方法，由此造成的種種問題，比如黃與喬的事。我突然想起，看看錶，六點多了，喬還沒有來。

我走過去打電話。打不通。有人在通話。過了一會再打，仍然打不通。我想喬不知是不是臨時有事不能來，便熄燈離開了。

我走過電車路，到對面一爿茶室吃晚飯，我叫了一碗叉鵝飯。在等的時候，我又拿出稿紙來繼續寫。我的許多段專欄，一定都是這樣寫成的，在壓着菜單的玻璃桌面上，在茶漬旁邊，周圍是人們哄鬧的談話聲音，蒸氣和吆喝，骯髒的磚地上散滿牙籤（有人拖地的時候你就把腳縮起），兩旁牆上的玻璃上潦草地寫着小菜的價錢。我喝一口微溫的茶，回想一日遇見的種種，在那些未定形的時刻中，我嘗試回想牆上的一道陰影、一個人臉上的一道傷疤、一陣白蘭花的香味，或一句曖昧的話語，回想的時候，它們的形象變得明朗起來，容易接近了。有時稿紙上黏了一些工作桌上的字屑，一些堂皇的大號字或者油膩的字眼，我便嘗試把它們抹去，好像覺得只有先抹去那些固定的字的組合，才可以重新排列文字，我寫了又塗，有時偏激過份了，有時又說得不夠，於是又把它塗去，整頁紙都塗花了。我覺得自己像一個植字工友，一個字一個字的邊植邊改。有時，寫得累了，我伸展兩臂打一個呵欠，沒有人理會我；又或者走到櫃台，打一個電話。

電話通了，響了許多下，沒有人接。

再打，有人接了，好像是一個陌生人的聲音。背景有人在唱歌，有人在笑，我聽不清楚，我這邊也很吵。「喬？」我說。

沒有聲音。我想是打錯電話，我想收線了，然後那邊喬的聲音清楚了。是不是剛才的聲音，我不肯定。她剛洗了頭。原來她把說來版房找我的事忘記了。「不如你現在來我家吧。」她說。

那邊好像有人在唱歌。「我們明天再談吧。」我說。

「不，不。你現在來。我等你。」

去到喬家裏，她獨自在家，正站在房間的牆邊髹漆。她說：「又一隻鸚鵡死了。」醮着白漆，她把牆上畫着的一隻紅鳥髹白。那隻紅鳥失去牠的尾巴，失去牠的翅膀、失去牠的頸子，最後更失去尖喙，混入牆上的白色裏。鳥兒彷彿變成透明，或者隱身穿牆到那邊去了。

她拉高百葉簾的一角，讓我看那面牆的一個黑點。那是香煙廣告中的煙蒂，或是某個窗口冒出的一縷煙。「有人躲在那裏。」她說。有人跟蹤她放工，尾隨她回家。不，她看不清楚，只是覺得有人窺伺，當她回頭就有一張臉突然閃入人叢去。她覺得有些甚麼在背後，當她奔跑，有腳步聲迴響起來。只是一絲衣角，櫥窗角落反映一張戴太陽眼鏡的臉，咖啡店外一輛車的倒後鏡裏見到的一雙眼睛。而在晚上，電話鈴響起來，當她拿起聽筒，那邊卻沒有聲音。她害怕，她交叉雙臂站在牆壁前面，好像在保護自己。她一身黑衣，背後半幅牆空白，半幅是紅色的鳥兒。

我安慰她叫她不要過份擔心，我想把整件事詳細分析。我有那麼多話，一時不知從何說起。她打斷我的話，說到今天早晨在露台看見的一頭灰色野兔。牠用紅色的右眼看着她。那時她的頸背隱隱作痛。她用手掩着左眼，也用右眼看牠。她想牠那隻朝向外面的左眼這時一定沒法看到這個頸背隱隱作痛的她。

「我知道你的感受，」我說。她走過來坐在我身旁。我把我的想法告訴她，話還未說出來，她已經不在我身旁，她現在站在那邊，正對着高几上一扇屏風的鏡子，端詳她自己。我從幾面不同顏色的鏡中看見她臉孔的正面和側面，她在那裏卻看不見我。我走過去，突然我又失去她。她正在那邊，蹲下身，我以為她給我倒一杯果汁，結果是傳出音樂。她在房間一頭，我在另一頭，我說出的話沒到達她，淹沒在音樂裏了。我寫稿時可以用文字詳細表達自己，但在現實的對話裏，機會像一尾滑溜溜的魚，溜自你的指頭，轉眼消失在水波中。

波浪變成迴旋的樓梯。我們在上面坐下來。喬說：「如果媽媽知道又一隻鸚鵡死了，一定很傷心。她現在在外國，她在家時，每晚都跟鸚鵡談話，直到黎明。」我們站在牆邊，她伸手撫摸幾隻紅鳥，牠們短小的頸子溫柔地迴轉過來，依偎在她纖長的指頭上。「自從我八歲那年，媽媽就沒跟爸爸說話了。」她關上唱機，給自己倒了一杯黃色飲料，又把白色的床翻下來，斜躺在上面。「我不喜歡爸爸，他打我，我把涎沫吐在他臉上。」她撫摸頸間，彷彿那裏有一道小小的瘀痕。我不知道她說的是現在還是過去的事。「你相信嗎？我中學那麼大，爸爸還是照樣打我們。」她拉高裙子，讓我看到白皙的膝蓋上一道小小的疤痕。然後黑色的裙子覆過來，遮去它。她伸高兩手舒一個懶腰，指頭輕輕撥動，跟高飛的鳥兒玩耍。她半坐起來，若無其事地哼一支英文歌：

我怎能改變一切？
愛你是一件不對的事呵。

她咭咭作笑，好像遇到甚麼開心的事。一剎那間，她又變回原來的喬，其他人眼中無憂的形象。她打一個手勢，叫我看那邊几頭一張卡。白色上的一灘紅色，薄薄的，好像隨便濺上的甚麼，輕巧的顏色的遊戲。她做一個手勢，叫我看裏面。那是羅渣的早來的聖誕卡，上面寫着一個中文「水」字，她一定也跟他説過她對水的感覺了。那字歪歪的，好像一頭木的蝴蝶，沒有了撇捺的流動，變成一個符號。「外國人，你知道啦！」她笑着説。

她躺回床上，兩手拿着杯子，把它擱在身上，半瞇着眼，跟天花板上一張南美面具海報打招呼。「我希望做一個墨西哥人，在狂歡節日中喝得大醉。」她又説：「如果我喝醉了酒，我要擁抱我喜愛的人。」我隨口説：「你喝醉了酒，是不是喜歡説話的？」我原意是問她會怎樣，但説出來，我立即知道這話容易惹起誤會，好像是兩個人談話，我忽然跳到第三者的立場，批評她在胡亂説醉話。當然我知道她不是醉，我意思不是這樣。但話説出來了，我能怎樣？她沉默了。

然後她又笑笑，好像甚麼事也沒有。我回過頭，在旁邊的几上摸索：一頭玩具羊、一串珠子，一隻手鐲、一把梳子、一個口琴。我拾起口琴，把它放到嘴邊，吹出來是一聲沉重顫抖的聲音，好像一聲呼吸。慢慢的，我吹出一個一個音，我想吹的是一支安定下來的歌，緩慢的一個一個音，好像電影裏的慢鏡頭，一雙手臂遲遲的轉動，好像一個人施施然把事情細說。喬左右轉側，她轉過來，轉過去，眼睛望往別處，她伸高手，按一個掣，不知從哪一格取出一盒錄音帶，又把它放入不知哪一格。她再按一個掣，歌聲傳出來。我放下口琴。她躺在那裏，向我舉起杯子。現在音樂飄忽，一個女子急促而輕柔的堅持，像是喘息，像是追索，像是尋覓。她默默看着我，不知想甚麼。我看手中的口琴，見它濕潤的地方發光，我把它在手上拍，輕輕拍出裏面的涎沫。那歌急急轉入一段陌生的變奏，離開了原來熟悉的發展，過一會，那原來的一段再出現，像一張熟悉的臉孔，然後，突然，又是散離而蕪亂的，就這樣，離去，回來，離去，離去，回來，那激盪起伏的，變化莫測的，像激流，最後，就這樣，離去、離去、離去、離去……我等着那回轉，只聽見一段沉默，原來歌就這樣到了盡頭。再過一會，輕輕地，響起了另一支歌。喬緩緩閉上眼睛。我又把口琴放到嘴旁。我記起以前學過的一支歌，那是一支安慰的曲子。我輕輕地吹了幾句，有一處記不清楚，於是又停了，由頭再開始。這次好像接近得多，我繼續吹下去，那是一支輕柔的曲子，好像微風的吹拂，手在背上的撫慰。牆上的鳥兒都閉上眼睛睡覺了。這是不是安眠曲呢？喬好像也睡着了，我停下來，輕輕放下口琴，等她再睜開眼，說一句話。還有那麼多話未說清楚，可是她閉上眼睛，不知是不是睡了。我輕輕拍着口琴。然後我聽見她喚我。我抬起頭，發覺她仍然靜靜地躺着。我這才發覺不是她的聲音，是背後的錄音帶播到盡頭，機器發出「得、得、得、得」的聲音。我走過去按了掣，它靜下來。室內靜得甚麼聲音也沒有。她真是睡着了。我說：「你睡吧，我走了。」她也沒聽見。我走出來，把門在背後帶上。

我從一個世界，去到另一個世界。我聆聽和觀察，突然看見眼前轉換了場景。當我去到黃住的地方，看見他的臉孔，聽見他的說話，我突然好像跨過另一道門檻，我又從喬的角度，移到黃的角度。

我一開始就覺得黃有點不妥了，不僅因為他臉色青蒼，也不僅因為他說話有點混亂——他坐在角落一張椅上，不斷向我說話，說他自己的事，有時說了又好像擔心我不明白，重重複複地解釋。他右手握着鉛筆，說話時無意地在桌上一張白紙上寫字，一個個字東歪西倒，不連貫，也沒有意思。他設法解釋自己，不想被人誤解。但他不擅於說自己，他一方面也不願用外間標準來衡量自己到了甚麼程度。他在忍受，即使到了不能忍受的地步，也不懂喊出來，還是繼續忍下去，甚至有時還傻笑，在不該笑的時候笑，即使裏面有些甚麼已經壞了。他的左手，無意地，就像人家無意把煙灰撣到煙灰缸裏那樣，壓着左腹對上的地方，一面還在不停說下去，好像壓着那兒就會減輕裏面的器官猛烈的痛楚。但他這動作全是不自覺的，是習慣性的，看見我注視的眼光，反而把手移開了。當我沉默下來，他發出沉重的呼氣聲，氣流經過鼻孔，發出嘶嘶的聲音，偶然是一聲啞重的噴氣，彷彿一頭生病的呼吸有困難的動物。而他對這一切都不自覺，默默坐在那裏想着自己以外的另一個人。我突然感到一份壓力，一種因為感到要對另一個生命負責任而來的壓迫感，我不想再知道更多，我想告辭離去了；但另一個我仍留下來，接過他遞給我桌面的這剪貼本，隱約感覺到他的感情。在這剪貼本裏，他收集了所有能找到的喬在這些通俗刊物上所作的廣告設計和插圖，還有喬平時閒談或開玩笑畫的畫像，留話的字條，一些隨手搓成一團扔掉的草稿，他都小心保存下來了。在那些餐室廣告、夏日新裝特輯的草圖或者是流行雜文小說的插圖裏，他在這些表面流行的畫風下看到那插圖者個人的筆觸，因為是帶着愛細看的，所以在平凡的地方也看見了畫畫的人的靈巧個性。他一定是用了許多時間去細看她的東西，去了解和思想她的世界，所以現在她的工作和為人、她的衣着和畫作，對於他不僅是一個西化的幻象，不僅是概念，而是具體的一個人的風格。現在他，用笨拙的指頭沿着一道線劃下來，在那些受外國雜誌影響的商業性插畫底下，他有信心地從一些細節看出這畫畫的人的創造力，肯定她活潑的個人才華，和她未受污染的天真。他翻着她日常隨手畫下跟我們開玩笑的素描，想到她的幽默和可愛的幻想力。從喬作過的少數小幅的線條畫裏，他會強調她不甘隨俗的獨創性，至於另一些好像幾何圖案的較呆板的風格，他也會為她分辯，甚至進一步由畫說到人，說那裏表面雖然好像沒有感情，但正是因為處在一個複雜的商業機構，不能不隱藏感情，保護自己，這正可見她是一個自愛的女子。說到這裏，他的憂慮就愈深了，他對她所處的環境非常擔心，認為會妨礙她的發展。他隱約覺得她的口味和對藝術的看法，受了香港流行的對現代藝術的觀念影響，令她未能成為一個更闊大、更紮實的藝術家；而在為人方面，她許多時說話不算數，或者給人說謊的感覺，正是這現代機構裏人們一般的處事態度。他擔心她在這樣一種寰薄輕浮的氣氛之下，怎樣可以突破，他覺得她很純，很容易信任人，他喜歡她這些素質，但又因為這而擔心，恐怕她被人影響，怕她的天真被敗壞，怕她被人欺騙而受到傷害了。黃愈想愈焦急，他說到認識的一個好女孩子，在一所著名的機構工作，被一個瑞士人欺騙了，結果對方一走了之，留下她在香港。黃的例子越舉越多，都連結着他對喬的擔憂。他從對一個人的迷戀開始，由於層層反省，開始思考到她置身的環境，看見整個商業社會的偏側。這愛情的幻影連結着廣大的壓人的現實，他從狹小的窗口望出外面無邊的深夜，那髒亂的世界的某處有一個人是他關心愛護並且寄以希望的，他期望她可以更好地生活下去。

我看着他。他重重地把氣從鼻孔呼出來。他達到這樣的結論也付出了很大的代價。他長久以來的沉迷和思考，令他逐漸對事情想得更透徹，但在現實生活中他卻完全失敗了。他又失業了，他住在這親戚樓宇的一個房間中，也許還欠了債。所以當他告訴我他的理想，說他希望有朝一日可以照顧她的生活，為她預備一個畫室讓她安心作畫，與她互相啟發幫助對方進步，我聽了，現實一面的我就覺得他不切實際，自己的生活還未能解決就想去幫助別人，但另一面的我就會覺得，雖然他的話說得笨拙，想望的事物卻是好的，而且倘若他們真的有朝一日相愛，那美好的前景也不是完全不可能的。問題是若喬對他完全沒有愛，這一面倒的設計只會對喬造成壓力，騷擾了她的生活，又令她精神不安吧了。我把我的看法告訴黃，但他不願意接受她對他沒有感情的說法，他舉出過去她說過的讚美的話，凝望的眼神、手的無意的接觸，他似乎要用一切證據來證明這感情。他愈是分辯得急促，愈是顯見他的恐懼，他恐懼她對他完全沒有感覺，甚至會鄙視他的迷戀，使他這一切努力變成虛空。我說會不會是你過敏，把許多日常的善意舉動解作愛情？人與人之間感情的幅度是很寬闊的，不必只限於某些愛恨的極端，而且喬在西化的機構久了，可能舉動比較不拘小節，會不會與你一向了解的表達感情的方法不同，所以引起誤會？但他也不願意接受這點。在他心中，喬是一個有情的女子，以前彼此也是朋友，沒有可能避而不見，一定是有了甚麼誤會。他擔心她接觸的圈子。他說她有時看來有點「輕浮」（他極不願意用這兩個字，遲疑地說了出來，又擺擺手，好像用紅筆劃一道桿子刪掉，然後改說「輕失」），完全是受了周圍的沾染，本質上是個善良的女子，絕對不是一個無情的現代商業社會的幻象。呵，幻象，一個紫紅黃藍水紋的中空的氫氣球，一具嗡嗡作響的自動機器、一片片鉻黃和銀綠在玻璃上的反映。黃不甘於看一張張幻燈片，他嘗試，把它們連上人，把它們放回歷史連綿的流動裏。

他向我保證，絕不會傷害她，只是要跟她說話，說清楚這一切。是在這時候，他打開抽屜，拿出一本黃皮的厚本子，遞給我看。第一頁的第一行寫着喬的名字，這是一封信，密密麻麻地寫滿了每一行，寫滿了整本厚簿，他嘗試把整件事由頭到尾說清楚。他整整寫了幾星期，這封信寫得很亂，卻是他第一次不是剪別人詩文，直接說出自己想法。我過去在青年刊物上看過黃幾篇散文，它們都是短短的，文字流暢，說及零星的感受，或日常生活的溫情。現在這封信開始時，仍然是這一種風格，說到過去的日常瑣事，由那貼切的實例中，可以見到那細緻關心的目光，自然流露的愛慕。然後他跟着說出自己由觀察而了解的喬，說出自己的愛，解釋自己的行為。從這裏開始，文字逐漸變得囁嚅了。也許這樣一個人主動地去對另一個人的生命說點甚麼很容易會變得很難堪。沒有機會見面對話才要寫信。他嘗試解釋自己，免得一切顯得怪誕。到他要表達自己的愛，又會覺得那流暢的文字，說不出這份感情的沉重，他的文字開始重複，他口吃了，他開始對自己的文字不滿。等到要解釋自己的行為，他更發現這整件事的複雜，不是三言兩語可以說清楚。他寫下一句話，又發覺它可以有不同的含意，可能暗示了相反的事情；又或者它太概括，遺漏了生活上難以界定的枝節。他擔心自己被誤解，不住解釋自己並無意傷害對方，他一面說又一面反省自己這樣寫是否顯得可笑，他就像是用對方的沉默和懷疑來盤問自己，文字在這樣的批評下，變得很脆弱，又令人注意到文字本身。輕易流利的話寫下他又刪去了，所有文字都變得可疑、曖昧、破碎。他最先說愛的時候信心十足，但愈寫下去，愈懷疑自己，愈懷疑對方會懷疑自己，就愈失去信心。他不斷改換語氣，不知該用甚麼語氣接觸對方。在頁邊一段一段的加上註釋補充。他不斷刪改，寫了幾個字，在當中劃一道線刪去，寫上另外幾個字，刪去的和重寫的字同時可以讀到，那猶豫和矛盾同時坦露出來。文字在沒有信心的授受關係下逐漸崩潰。

結構解散了。他有一頁不斷重複自己沒有標點沒有句法寫了又刪去刪去又再寫出來　逐漸文字碎散　變成　無意義　片段　文字　意思　變得　不確定　浮動　他愈寫　愈亂心情　愈混亂　好像　有很大的　憤激　在那裏　文字　碎成　一下　一下　拳擊　好像沒有了　文字的法則　也沒有了　世界的法則　變成　一片混亂　對文字的表達　懷疑　到了極端　覺得　文字完全沒用　那就只有　落到　暴力的　咆哮　最後是　虛無　一片空白

我翻過兩頁，終於又再見到文字了。彷彿隔了一段時間，他又重新提筆，因為這是唯一向她傳達思想的辦法。他起初仍然在重複地解釋自己，好像懷疑自己的表達能力。他好像是一個初學使用文字的人，猶豫地舉步，不知它會把他帶到哪裏去。他過去在學生報上寫過一兩篇短文，鼓吹「純粹的中文」，或者批評艾青詩裏「的」字用得太多等等。但現在他無暇顧及這些細節，把拘謹的禁忌都打破了，他彷彿是面對一個生死攸關的關頭，文字洶湧噴出來，為了分辯問題，改變想法，他真正有話要說，他的生命彷彿都建築在這些文字上，所以他沒有時間去想美麗的字眼，含蓄的暗示，他不顧姿態，沒有策略，就是想捉住那最基本的，最重要的一點，唯恐一失手就墜下虛無的深淵。他說到她的人，說到她的畫，他反覆細察看見自己想看見的優點。他說出自己欣賞的她，而在這些愛慕的文字之外，隱約浮現一種婉轉規勸的文字，流露了他的擔憂。他擔心她的孤弱，擔心她受他人欺騙。好像是因為他凝神看她，逐漸看到她與其他人的關係，她所生存的空間，以及藝術的問題。有時也許他憂心自己的文字不足，所以引用古人談論書畫的文字，說到氣韻和精神，說到充拓心胸，為現代的畫觀補充不足。又或者他也向西洋的畫論尋找反調，就他所看到的，比如亞諾豪斯的藝術進化史，或者約翰保加引伸的班哲明的藝術與生產關係，甚至通俗如湯姆吳爾夫對現代藝壇門竅的批評，找到的，有中譯本的，合用的他都用了，然後這些又混入他自己的文字中，文字洶湧而來，挾帶砂石，但其中有一種原始的力量。彷彿正因為他流離於正常的社會和工作之外，正常的感情和溝通的關係之外，由於他苦戀的焦慮和恐懼，由於對自己和一切都全盤懷疑了，唯一可以重新建立和改變事情的，對於他只有文字。我彷彿看見他俯首疾書，像向一池浮泛的水光說話，想用話抓緊浮影，面對面說個清楚。在那表面的晃盪的符號下他幻見一個實在的身軀，魯莽的接觸又一再把形象打碎。他的頭愈垂愈低，夾雜着恐懼和憤慨的視線裏依稀有那麼一個人，他想盡一切方法去辨認清楚，他的語氣有時是肯定的，有時也懷疑自己，有時苦口婆心地勸告：希望你小心，不要被人欺騙！有時反覆解釋：我不是強求，如果你沒有愛情，我不會勉強的。他相信言語會令沉默回答，唯恐對方不明白，他的話重重複複，好像回聲一樣：我不過是想把一切解釋清楚吧了，我不過是想把一切解釋清楚吧了。

黃在信末寫下自己的名字。當我看完了，他叫我把這本黃皮的厚本子給他，然後把它放入一個硬紙皮袋裏，他在紙袋面寫上喬的地址，貼上郵票。當他做完這一切，不禁重重地舒了一口氣，整個人像緊張過度的弓弦鬆弛下來。這時我看見窗外已是微明了，我們談了通宵，這時都疲倦不堪。燈光有點刺眼，我站起來把它熄了。靠着窗外照進來的微光，我看見黃的重重陰影的臉上，眼睛露出狂想的光芒。他看來蒼老了，他臉上的稜角暫時消失，看來有一種柔弱善良的素質。他一定是很累了，他的背痛發作，我看見他站起來走到床邊，在床上躺下來，有一會，他把那紙袋壓在胸口，好像一個逝去的人，抱着遺囑。他靜靜地躺在那裏，我收拾東西，準備離去。當我走到床邊，他瞪開眼睛，把那紙袋交給我，托我返工前替他在附近的郵局寄出。我接過來，感覺到紙袋有點暖，好像是一個人的體溫，令它變成有生命的東西。我走到房門口回過頭來，看見他又閉上眼睛，靜靜躺在陰影幢幢的房間裏。他這樣一個在外面的世界裏被打垮了的人，我手上的東西是他唯一賴以重新建立自己、與外面溝通、並且去改變他認為錯誤了的世界的力量，現在我可以感到他複雜的心情，既對文字寄托了無限希望，又同時對文字的力量充滿懷疑。我小心地把這紙袋放入我背着的書包裏。它壓在我未寫完的一段稿上面，另一個人對文字的信心和懷疑，好似也混入我自己對文字的信心和懷疑裏了。

十

大姊在背後想按着你的手又被你推開了。按下的刀鋒向上豎起來你父親倒在地上母親在旁邊哭泣桌椅淩亂一條電線垂下來燈泡玻璃的碎片杯盆玻璃的碎片滿地都是小弟說不要這樣二姊二姊不要這樣你回過頭去刺你大姊她閃開了我想從後面捉住你你回過頭來刺我我只好退後退後

你們不要擋門不要囚住我不要留難我你高聲喊但其實又有誰要囚住你又有誰要留難你呢

「瑤！瑤！」你大姊喊。「瑤，」我走前一步，你霍地轉過身來狠狠地用刀刺向我我沒料到你會這麼狠的我連忙退後退至碌架床旁邊被褥掉了一地我捧起被放回床上但那沒有用到處都是衣服布絮整個家好像遭了災劫

你高聲喊說有人欺騙你，你指着我們說我們敗壞你的理想阻礙你的發展我們令你無法到達無法到達甚麼？你說我們沒有照顧你幫助你我們不高興你在這裏我們想你走你說我們嘲笑你教書失業你說我們現實你說我們迫害你沒收了你的信有人打電話來不告訴你我奇怪你連這些瑣碎的事也會發生誤會你

說我們密謀對付你與你母親約了人來相親不想你留在這裏所以你要用刀刺我們了？可是何嘗有這樣的事？為甚麼你不看清現實？我不明白你腦裏面一直在想甚麼？現在又在想甚麼？

你的樣子變了，你的眼睛忽閃忽閃的，嘴角忽然露出一絲冷笑，與你平常溫和的樣子不相稱。你不斷說：以你們的處境，你們的做法我是可以了解的。好像我們和全世界的人正連合起來迫害你一樣。為甚麼要這樣想呢？唉，你一旦罵起人來，我才看到你腦中有那麼多糾結不清的東西，對人有那麼多現實的壞的看法。過去對於我你只是一個年輕溫柔的形象，好像心胸裏有無限柔情，為自我的壓抑所苦。一下子，我發覺我可能完全看錯了，我後退一步，雙手想扶住床沿或者甚麼來支持自己。我從沒聽過你一連串說那麼多話，你的話跳躍不定，它們不連貫了，有時甚至是不可解的。我約莫聽到你在批評這屋裏沒有古雅的擺設一時你又說它太靜了沒有生氣你好像對一切不滿意你好像把它和過去的某一所屋相比把裏面的人和它裏面的人相比而你覺得我們都不如你意你露出蔑視的神色說我沒有威嚴你說你大姊這樣教書只是妥協然後你說到其他人你說高的婚姻有問題是他道德有虧你喃喃自語說這是你的道德標準絕對不能容許的然後你又不知說誰你說你在信中罵了他他還認錯你似乎因此毫不尊重他仍在罵下去我不明白你說的這麼多話，為甚麼都是以你自己為中心，好像在你的生活中，從未抬起頭來，好好看一看周圍的人，承認除了你的個性以外，他們也有特殊的個性，並不僅是概念化的一些符號而已。可是你繼續高聲說你和我們的關係到此為止了，你說你可做的都做了，與我們並無虧欠了，你說的時候，好像有種施捨的神色，我真感到委屈，想到近月來我們的奔走擔心，到頭來，竟好像你為我們犧牲了一樣，為甚麼要這麼說呢？你突然暴烈地說你不要再浪費你的生命了，你的刀鋒閃閃，指着我，好像我是你的假想敵人。我看着你，我這個平常的人，甚至不會拍枱拍凳跟你對罵發洩怒火，看着你握着刀的手微微顫慄，我只是想實在做點甚麼，我走前一步，想伸出手接過刀。呀！你突然好像發狂一樣大概以為我襲擊你你揮刀狂砍過來，你睜着眼喝道不要碰我你呼喝說不要輕薄我真的愕然了我真奇怪你這樣善良的人往往又竟會從最壞的方面去猜度人突然你一臉正氣的說你這麼勤來我家裏走動難道我還不知道你不懷好心嗎？我呆住了，突然感到某些事情是無可挽回了。我看着你，我看着你然後才發覺你不是看着我，你看不見我，你從來沒有看清楚我是怎樣的。這句話真的使我憤怒了。

這真是太過份了，瑤，這樣胡思亂想下去對你有甚麼好處？所以當你繼續說你只愛唐師傅一人，只有他了解你崇高的理想正義的行為，我忍不住打斷你的話，拆穿你說其實並沒有這回事，一切只是幻象唐早已過身了你根本就沒有見過他這一切只是你編出來的。

話說出來我就後悔了突然你持刀向我衝過來我閃開你站在床邊一手掃開桌頭剪紙的工具把它們猛地掃到地下周圍去顏色紙四處飄散油盤碎裂你執着大姊的書本把它們當中撕開兩半我們喊着阻止你不理會我們要走近你就舉刀戳我們你又用刀去割書頁，把一疊書本，割成片片碎屑，你用兩手把它們擲向空中，你抓起那疊粵曲唱片大姊說不要噢不要已經太遲了你把它們敲得粉碎然後把碎片向我們擲過來你大聲喊不過是物質吧了不過是物質吧了一下子所有的圖畫文字和聲音都毀滅了不過是物質吧了你手握拳頭說你是被騙了你毀壞一切來發洩你的憤怒你揮動你的刀那可以用來創作的用來破壞了你的激情不是發揮成愛而是變成憤恨了。你揮動拳揮動刀空中飄滿紙屑，顏色的碎紙屑落到窗玻璃旁，門邊，牆上，桌面上，落到我的鞋面，破碎了那恆常留傳下來的生活情態。

事物與意義失去關連。在我站立的地方前面，有幾團東西，它們是皺成一團的，紙質白裏泛黃，紙上有細小的黑點，可能是一些符號，藏在皺紋縫中。在我鞋背上，有一方破碎的紅色紙張，是長四方形，不，是菱形的，其中一個角上似乎連着幼長的線，有點模糊。在我另外一隻鞋的旁邊，一片破碎的黑色膠片，呈三角形，但底邊略圓，黑色膠片上有許多細細的溝紋。它們破碎、啞默、彼此沒有關連，我們三個人站在這些破碎的物質之間，是三個圓柱形，彼此也沒有關連。

然後我抬起頭望你，看見你汗涔涔的，一定很累了。突然，大姊走前一步，改變了這沒關連的圖形。她走前去，從旁邊抱住了你。你掙扎，揮手，用刀戳往她臂上！她沒理會，血流出來，然後，你再掙扎，然後，你的手酸軟了，掉了刀，整個人塌下來，倒在她懷裏哭泣。她輕輕撫着你的背，說，「沒事了，沒事了。」

我走到你身旁，大姊輕輕搖手，好像叫我不要再說話。其實我不是要罵你，我只是想說……但大姊搖搖手，好像哄孩子睡覺的母親那樣拍拍你的背又向我搖搖手，我只好不再說話。大姊在你肩背上下撫摩，我聽見她說：「這孩子，也難為她了。」她胖胖的手掌緩緩地安撫你瘦削的肩膀，你沒有做聲，好像慢慢睡去。我回過頭來，看見一屋的破爛，不知要多少日子才可以重頭收拾好了。

十一

我兩邊張望看不見人影，回過頭看見電梯在背後打開，我楞住了，過一會才看見馬在人堆裏，「上一層！」他舉起手。電梯門關上，朝下面隆隆開下去。我兩步拚作一步，從樓梯跑上一層。沒有人。有一個白衣姑娘在那邊，我追過去，她卻消失在一扇門後面。那邊有兩個白衣人推着一張病床，我追過去，他們又消失在另一扇門後面。我遲疑一下，推開門進去，沒有他們的影子，只是一扇長廊，兩邊房門排着號碼，我走到盡頭，推開一扇門，又回到外面，在電梯的旁邊。

有人在背後拍拍我，那是馮。「怎麼樣？」我問，捉着他的肩膊，好像怕他走開，好像他是我唯一的希望。

「情況很壞！」他搖搖頭，「誰？」我追問。他看我一眼，說：「羅渣！還未渡過危險期。」「到底是怎麼一回事？」「剪刀。黃不知怎的在袋裏藏有剪刀，是尋仇……我看是情殺，因為妒忌……」他搖搖頭。「黃怎樣？」「暈倒了。」「喬呢？喬怎樣？」他搖搖頭。電梯門打開，他走進去。他指指那邊一扇門，搖搖頭。電梯門關上了。他搖搖頭是甚麼意思？是他不知道，是未肯定，還是……乘車趕來這裏途中的憂慮又再浮現。黎明前的電話鈴聲是一個凶兆。心好像被人提吊起，放不下來。希望事情不要太壞，希望還未釀成真正的災禍，希望沒有事……我急步跑往那扇門，幾乎與推門而出的林碰個滿懷。

「喬怎樣？」我衝口而出就問。「羅渣送她回家……」我陪他走回來，一面聽他說。「大概是他對她不規矩，躲在梯角的黃衝出來，掙扎中黃不知怎的把剪刀拔出來，刺傷了羅渣……」「我是說，現在喬怎樣了？」他搖搖頭，「我也沒見到她。她大概只是受了傷罷。你問問菊，她們在裏面。」他手指向那扇門。「我也沒見到她，我要上班了，你好好的替我們看看她吧。」

我推開那扇門，轉一個彎，我看見一個女子坐在一張白色的長凳上，喬！我叫起來，我慶幸她安全無恙——但，不，我走近就看見那原來是菊，手裏拿着喬的一件外套，似乎帶着血跡——不，我在她身旁坐下時就看到，這不是血跡，是一件紅花的外套，菊的衣服。

「喬在裏面？」我指着她對着的一扇白色的房門問。她搖搖頭。「黃在裏面，」她說：「他發高熱的時候還在喚她的名字。他說他不是要傷害她。那麼多天深夜，他就站在外面，隔着那片空地看着那座巨大的大廈，看她那一層有沒有燈，他希望看見她，知道她安全無事，他又怕讓她看見他，以為他要傷害她。」菊說得一切好像就在眼前，好像她看過他的日記，或者聽他說過那些事。那地方，她好像也變得熟悉不過了：「他躲在閘門旁邊，或者在街頭走來走去，他站在街頭那爿賣生果的雜貨店，或者賣薯條熱狗的小吃店那兒，透過櫥窗玻璃的反映，看着背後偶然經過的人們。他尷尬地踱來踱去，恐怕別人會懷疑他不知在做甚麼。他擦着雙手，因為在寒冷的街頭站得太久是會令你手腳僵冷的，他咳嗽愈來愈厲害了。而他以為這是表示他愛情的偉大，他真是一個蠢人。」

我聽見她激憤的語氣，我看見她的眼睛紅起來了。我可以明白她的心情，「可是，」我說，「他為甚麼要拿着剪刀？」

「我也不明白。所以我想他是瘋了，他是神經錯亂了。這樣弄到自己連話也不會說，最後幾個星期只是張開嘴巴，說不出話來，好像全身作痛，卻沒法準確說出來。他最近這幾個月每天到時候就到樓下等信，每次都是失望回來，有時他故意把一些白信封放在信箱裏，騙自己說是回信來了。他是一個自欺的人，你曉得的。他一直在欺騙自己。他當然錯了，用剪刀傷人是無可挽回的大錯。他那樣每天瞪着前面，舉起手彷彿要保護自己，或者以為在反擊別人的襲擊，或者以為要抓着空中虛幻的事物，當然是錯的。他那樣每晚乘電梯上去，摸着那三個金屬數目字冰冷的圓圈，那扇永不會打開的厚重的大門，坐在走廊的地氈上，偷偷地流淚，這種軟弱自貶的做法，完全徹底錯了。而他自以為有能力去救人，那樣以為他正在保護心中純潔的形象不容污染，更是根本的錯誤……」

菊雙手掩面，努力嚥下嗚咽的聲音。我心裏感到極大的空虛，彷彿突然被人抽空了，有一種想嘔吐的不適之感。我們都感到這事所蘊含的莫大悲哀，那甚至是超乎這個人或那個人單純的對錯問題。人與人的關係互相牽連，混合了我們這些其他人的感情。我們這些旁觀者一下子也牽涉其中了，我們可以指責黃某種偏激行為，造成無可挽回的悲劇，但當不幸的事發生了，我們能置身事外嗎？我本來只是一個傳訊者，但因為我知道了內情，所以我變得也有責任了。現在我也自責，為甚麼不在替他寄信以後這個多月中仍然再聯絡和勸勉他呢？為甚麼我幾次找不到喬談話以後就沒有再找，以為一切自然會好起來呢？我忙碌，工作不順遂，心情不愉快，我有種種原因，但如果我知道事情一做出就無可挽回，也許我會再盡多一點力吧？

我打開了門，熟睡中的黃看來安詳。他的呼吸仍發出嘶嘶的聲音。但他的額頭沒有燙熱，他已經沒有冒冷汗和說夢囈了，他會慢慢好起來的吧？我問菊要不要回去休息。她搖搖頭，說：「我在這裏等他醒來。」

最後我問她：「喬怎樣了？」

「喬不在了。」她說。

那抽空的感覺又突然明顯起來，有些甚麼在空虛地霍霍跳動。這是我不願意聽到的話，「不，」我說：「這不是真的！你說甚麼？」

我望着她，等她說清楚。

「不，」她望着我，不知是安慰我還是說真話：「我只是說她不在醫院裏了。她沒有事，你不必驚慌。她回去休息。她只是受了驚。明天早上，當她醒過來，你又會看見她了。她會沒事的。」她拍拍我的手說：「你去看看她。替我們好好的看看她。」

我再看黃一眼，他還未醒來。他躺在那裏，閉上眼睛。

閉上的眼睛張開，喬醒過來。她睜開眼，看見我，然後就笑了，好像從一場惡夢裏醒過來。剛才佣人開門讓我進來，看見四周一片白色，窗旁桌子上放着一盆水和幾隻杯子，我對着窗子，喃喃自語，彷彿在叫喚失去了的歸來。我高興見到她平安無事，這樣舒伸自己，袖口扯高，好像在迎接甚麼。她揉揉眼睛，坐起來。她伸手到枕頭下摸索，她遞給我，那個黃色紙袋，好像過去，她遞給我一個又一個信封，那些輾轉傳達的訊息。這次我沒有接過來。「這是他寫給你的信，你留着吧。」我說。「我看過了，我不是這樣的。」她斷然說。我突然感到很大的失望，那麼黃竟是失敗了？那麼多溝通的努力到底還是徒然？她握着那個紙袋，看看它，過一會，她說：「我是說，我不完全是這樣的。」她反過手，紙袋鑽回枕頭的底層，回到她秘密的機關裏。她從背後摸出一個半球形的圓鏡，細細端詳自己的臉孔。她沒聽見我的疑問，回答我只有鏡中自照的眼睛。她翻出兩顆藥丸，放入一杯水中，那粉紅的顏色，緩緩滲入水中，消失了，那杯水還是那樣子，然後，過一會，緩緩的，又可以見到那粉紅色再顯現出來。喬把它放回几頭。喬還是喬，照樣老姿勢的垂下頭。她雙手環抱花被蓋着的雙腿，頭伏在膝蓋上，露出頸背。我聽見她好像說：「我本來打算回信給他。」我不知道這是不是真的。她抬起頭：「也許我應該這樣做。」我應該相信她嗎？她向後撥一下頭髮：「也許我會再看一遍。」她說的會不會是真話？不過她突然換過一副聲調說：「我沒有其他方法幫助你們了。」我愕然不知她是甚麼意思。然後她沉默下來了。過了一會，她看着我，柔聲問：「你要喝點甚麼嗎？」我搖搖頭。我問：「你呢？」她也搖搖頭。她看着四邊的牆壁，她輕輕吻着鋪在膝蓋上的一條淡棕色的圍巾。她伸手到案頭摸索，那兒看來甚麼也沒有，但轉眼間，她手上又多了一枝鉛筆和白紙。她抬起頭看我一眼，然後低下頭去不知寫一點甚麼。她說：「我有一件事告訴你。」她把頭湊過來，頑皮地說：「那是一個秘密。」哦，秘密：那是枕頭的夾層，几頭一個看不見的抽屜、深夜對着廣大的窗外的喃喃自語。而當我們傾聽秘密，我們開始參與其中，負上責任。她又坐回去，繼續在那裏自顧書寫。她沒有說下去。等了一會，我問：「那是甚麼呢？」她放下筆，看一眼四周的牆壁，然後，認真地問：「如果鳥兒都沒有了，你還會來看我嗎？」我看着她，說：「我會來看你的。」她好像沒聽我說甚麼，又快樂地坐回去，哼着歌謠，繼續在紙上寫東西。她抬起頭的時候我問：「那是甚麼呢？」我伸過頭去，她連忙翻過紙，用手掩住，笑着說：「不，不，還不能看。再等一會。」彷彿那又再是一個秘密似的。我想說喬你真是不可捉摸的，我想說喬這真是荒謬你在幹甚麼呢，我想說喬你聽我說不是還有許多問題我們應該談清楚麼？可是喬，以她自己做事的方法，甚麼也沒說，把手上的白紙遞給我，臉上帶着那種逞強的、惡作劇的、彷彿在等待人稱讚的孩子氣的笑容。我接過來。那是一張素描？那是一封信？噢，並不是，那只是滿紙碎散的抽象符號，與外界實物沒有任何關連。她笑着伸出手來一把把它收回去。她翻過身，臉擱在那半球形圓鏡上，彷彿多了一張傾斜的臉孔。她正在看着自己。白色床單越發襯出了病容。喬，你笑甚麼呢？這又是一個惡作劇？看你笑成那個樣子，好像一個天真的孩子，完全不知發生了甚麼事。看你，笑得嗆咳起來了。你是不是累了，要睡了？我又看見你翻過來癱瘓地躺在那裏。喬，慢慢好起來吧。

十二

早晨的電車叮叮地在我們身旁駛過。我和華一道走向你家。市場附近已開始熱鬧起來，一攤攤青菜，一片鮮綠，帶着點點鮮黃的小花。還有紫色的茄子和紅色的蕃茄，淺棕色的薑，淡綠色的瓜。另一旁的破甕裏有深棕色的炸菜，曬乾的魷魚，還有封着嘴的鹹魚。我們在潮濕熱鬧的人群中緩緩前行。一個婦人舉起秤，唸出斤兩，另一個婦人在跟她討價還價。剖開了魚腹露出鮮紅的血色，死白的眼睛呆呆瞪着人。新鮮的魚兒在水裏游來游去，有人伸手進水裏抓牠們的時候，還會掙扎竄逃，用尾巴潑水，水花四濺。坐在矮凳上的胖婦人，隨手抹抹濺到臉上的水，又繼續跟前面的主婦談話。我們走過人叢，在擠迫的地方，華給阻在一群人後面，我便停下來，等他走上來。路旁商店裏的收音機正在唱：「泉台未啟思親路，罰我人間再飄蓬……」我們走前去，再走入人叢中，與這個俗世人間有相逢。

我想到很多事情。我彷彿看見你，還是坐在那兒，拿一疊報紙，用剃刀把它們剕成無數固定呆板的人形，我又彷彿看見你，把剕裂的畫冊書本猛烈地擲向空中，但我還是寧願看見你專心剪紙畫畫，做出美麗有生命的圖畫來。

是我自己決定打電話給華的。我叫他來看看你。其實我也曉得這可能根本沒用。你的病未必與他有關，就算有關，難道他來了你就痊癒了麼？我更害怕他索性一口回絕，不知我在說甚麼。幸而他很爽快，我說看你，他就答應了，也沒問甚麼，我也沒說甚麼，我撥電話，說你不大舒服，「我們去看看她吧。」到了這時候，我也明白，即使他來也不會立即就解決問題，他也不是醫生，只是一個束手無策的平凡人，一個關心的朋友吧了。但既然他有心願意來，我也很高興了。

我們走向你家。我走慢一點，陪同他的步伐。我不知你有甚麼反應。也許你會很高興，也許你會很暴烈（不，你不會的，你本質上不是一個暴烈的人），也許你會很失望，也許你根本甚麼反應也沒有，對他視而不見，好像完全沒有見過他一樣。

也許你的問題根本與他無關，他根本對你沒有幫助，這純粹是我個人敏感的幻想。但既然我感覺如此，我也只能依照感覺，盡力去做。儘管到頭來你或許會拾起報紙和㓥刀，一古腦兒扔向我們，說：「你們在搞甚麼鬼！」

但如果只是坐在那裏，甚麼也不做，我到頭來又不會原諒自己的。

所以我們緩緩前行，我心中忐忑不安。我不曉得事情落得怎樣的收場，我只好看清楚道路，一步一步前行。你住的這一區，好幾幢舊樓已經拆掉了，碎石和廢木，在早晨的太陽下閃閃發光，旁邊一個建築地盤，又開始打樁，街上買菜的主婦，穿白衣的學生，賣油條和煎餅的小販，開始這新的一天。路旁賣羽毛帚子的攤子裏，有些濃濃的鮮紅色漂亮羽毛，也有破舊而脫毛的舊帚，放在一起。那些彩色羽毛，在早晨的微風中晃動，好像是幻象，也是街頭現實的一部份，豐富了棕灰的點點顏色。我們走進一道窄巷，經過封着店舖尚未拆開的排着數目的木板，後面掛起一串鳥籠，鳥兒吱吱鳴叫。在旁邊的空架上，站着一隻白色鸚鵡，有個中年人正俯身跟牠說話。在它背後，是鳥兒的海報，彩色的假鳥用眼睛瞪着路過的人，也不說話，微風吹過捲起一角海報。路的中央有一道水溝，污水凝定不再流動。

這小巷轉出去一個較大的路口。有人在公廁旁邊補鞋，市場的橫門內，停着數不清的自行車。不知哪裏傳來一陣「咚達咚達咚達……」的聲音，好像有人在擂響木頭，又像是敲響了鼓，是某種古老儀式的節奏。但你看不見聲音的來源，只有當你看見你才能清楚。

我們避過迎面駛來的自行車，繼續前行，「咚達，咚達，咚達……」然後是自行車的鈴聲，遠處汽車喇叭的聲音，叫賣聲，上空偶然傳來的鳥聲。店舖裏的收音機裏，一個女子剛烈的唱下去：「……罵句狂夫，匹夫，共你恩銷，義老，我自刺肉眼模糊。」喧鬧的鑼鼓聲音。我記得這齣劇，只是我比較沒有那麼喜歡這一段，從長平公主誤會世顯開始，一大段的悲憤冷笑，捧心微抖，反目唾面，到未弄清楚真相就舉簪刺目，其中有一種莫名的自憐的暴烈，一種看到自己德性但看不到別人德性的偏執。這剛烈的歌聲，襯在眼前這種複雜詭變的現實中，就顯得單調無力了。外面大街那兒，一輛手推木頭車上的舊報紙散了一地，灰衣服的老人蹲下身收拾，阻住另一邊駛來的跑車。我們從它們中間走過。不遠的地方，一列舊樓圍上竹蓆，準備拆卸。那些中藥舖和海味舖，那些陰暗神秘的、出售靈符和年畫的紙紮舖，已經不在了。那爿門前掛起大剪刀的雜貨舖兼藥行，裏面已拆空，彷彿黑洞洞的蛀牙，外面仍空掛着大剪，已經陳舊不堪，像是生滿白銹無法轉動。許多店子搬空，許多人改變了職業和生活，許多事物消失了。牆柱上貼着一張香煙廣告，華衣美服的派對中裊裊噴出白煙，是西式生活的幻夢。但這海報已經撕破，露出底下的黃牆。這幢樓眼看快要拆卸了。在旁邊，建築工人赤着肩膀抬着粗重的鐵枝走進地盤，有人在運泥車車尾「各，各，各」的敲着，它退後時揚起一陣塵土，路旁一叢弱草，在這紛變中微微顫慄。這個到處都是殘破的世界，叫人認不出來，一下子又迷路了。

「咚達咚達咚達……」，聲音漸漸隱去，那古老儀式的節奏落在背後，過一會，它又混入前面新的聲音中，成為混雜豐饒的新歌。走過古老的舖子，可以嗅到咖喱和椰子的香味，再過另一間，是檀香的芬芳，很強烈又很浮泛的，甜甜的香味，像虛無飄渺的一縷煙，飄過你鼻孔，像偶然瞥見一張古老美麗的陌生的畫，轉眼失去蹤跡。但其實你也帶着它前行，當你繼續走前去，你會發覺它混入現實粗糙平淡的氣味中，一爿傢具店的木香，一爿修理零件的舖子噴油的香味，一爿小飯店叉燒的香味。人聲熱鬧，又開始一天的生活了。一爿舊書舖，牆上的書架和當中的長枱上都堆滿書，殘破的舊書，有些書脊上貼上膠紙，撕破的書頁又再補起來，它們歷經流散災劫，暫時在這裏棲身。仍有人在那裏找書看書。

我們繼續前行，緩步走向你家。華抽着煙，沒有說話。他的樣子看來有點襤褸，而當我走前去，碰到他的手肘，我可以感到他是真實的活生生的一個人。他有點擔憂，有些事情不大清楚；頭是低垂的，也許正在思想。我也在想，我想念你，我希望我們終於可以真正交談，我想着走進你家的時候，你會是怎樣一個笑容，轉向我們。

一九七七年四、五月初稿，一九八一年十、八月重修

附錄：初版後記

××

寄上《剪紙》的校稿，看你有沒有甚麼提議，可以在出版前再修改一下。校稿用掛號寄，因為恐怕寄失，這幾年寄信回香港，常常有寄失的，也不知為甚麼。我離開香港差不多四年，一直功課忙碌，沒時間創作；但信，尤其開始兩年半，倒是寫了不少。這些信，其中有許多，都好像寄失了。我一直以為，想法寫下來，就表達清楚了，沒想到，即使寫出來，也不是這麼容易就傳達到另一個人那裏。比如有一次，我給一位朋友寫了封長信，解釋詩形式的問題，寫了厚厚的一大疊，結果卻寄失了，想來真是可惜，現在叫我再寫也寫不出來了。又有一次友人見到一位前輩詩人，說「覺得有點失望」，我聽了很奇怪，又寫了一封長信去忖測種種誤解的可能，對方結果也是甚麼都沒有收到。我的長信總是跟朋友抬槓，為這件或那件事情分辯，而這些信，結果呢，都因為這樣或那樣的原因，寄失了。我逐漸不那麼急於去分辯，終於也不大寫信了。

寫小說比寫信較好的地方是你總有一份副本在手頭，可以慢慢修改。即時衝動的辯論不必立即寄出，可以放在身邊，放久了不想就不寄出了；若果需要，也可以加入新的想法，好像一封越寫越長，不必限時付郵的信。《剪紙》也是這樣，這故事本來早就有了，到七七年四月在快報寫一個連載小說，便把它的初稿寫出來，寫完以後，一直想把結尾再寫好一點。去年素葉的一位友人提到出版，我便把它增刪修改，並且以來美後養成的寫長信的壞習慣，在去年暑假給小說後半部重新添寫。小說從初稿到修訂完畢，經過了四年多時間。現在又一年過去了，我一面校對排出來的字稿（多謝替我校對的朋友！），一面又忍不住修改一兩處地方。現在跟最初的許多想法，已經不盡相同了。《剪紙》原來是想寫七〇年代中葉香港生活的種種幻象，但這稿子也跟我一起遭遇了種種事情，自然也不免與我一同看到一些過去還沒看到的問題，與我一同憂慮，一同生長，不再是原來的樣子。不過我不是一個走到一步就輕易回頭說斷絕過去的自己那樣的人，現在的我是由過去的我發展而成的，小說自然也是一樣。

不過要詳細解釋就難了，一寫下去，這封信也不免變成長信，恐怕也難逃寄失的命運，永遠無法到達你。我現在自然不會這樣做。再說，一個故事自有它的發展，故事裏某個人在某種情況下做甚麼，有它複雜牽連的理由，我一時也說不清。現在故事已說完了，我也在故事的外面，要我解說，未必就可以比另一個人說得好。一種偷懶地談創作的方法，是把文藝簡單地二分：分成內容與形式、正面與負面、自然與刻意，內在精神與表面刻劃、偉大題材與生活瑣事等等對立的兩面。有時也見人真是這樣談文學，二分了之後，就把自己的作品歸於前者，把自己不喜歡的作品歸於後者，一下子了斷得乾淨俐落。我想天下間再也沒有比這更容易的事了。可是我對乾淨俐落的劃分，一向心存懷疑；簡單的二分，在現實生活中是不存在的，在文學作品裏也不存在；不了解矛盾和對立同時存在，就不能了解事情的曲折。若果一個寫作的人盡說堂皇的話，那對於自己要反省求進步、對於別人要來認真了解，又有甚麼好處呢？我想我們一定要學習，超過堂皇的文字、豪言壯語的激情，好好地看看每一個人、每一件事。

《剪紙》不過是一個愛情故事吧了，說到對事情的看法云云，是不是離題太遠了？也許是吧。所以會說得這麼遠，是因為我以為，一個人對愛情的態度也好，對藝術的態度也好，都跟他的人生觀有關，是自然發展成的。所以故事裏某個人看得到或看不到某件事，用這種或那種文字符號表達自己，自然跟他們各自是怎樣的人有關。

說到文字，我想到格拉斯（Güntes Grass）來港時，座談會上，大家說到這裏的粵語方言和英語教育，恐怕會影響香港作者的中文表達能力；我自己是接受香港教育長大的，對此自然引為警惕，但我當時亦提出另一點看法，即認為要寫現在的香港，僅是用過去的課本上的文字還不足夠，也需要發展鍛鍊目前這種混雜的語文。我心目中的文字，不是只講文法的規則的文字，也不是點綴着美麗辭藻的裝飾性的文字。我們使用文字，並不是為了把話說得更漂亮更文雅，文字比這還重要得多，因為我們往往是通過文字去了解這個世界，又通過文字來創造自己的。複雜的文字，回應上面說的對事的看法，就是不是片面的，而是複雜的看法。

同時經過一件事的兩個人還是會有不同的看法，為甚麼某人遇事竟會有那樣的反應呢？為甚麼一個社會裏許多人會習慣地接受了某些看法呢？這類問題往往使我一下子回答不上來，使我開始去想。我們化許多時間，想去看清楚一個人，但暫時的結論，又會被隨即發生的事推翻了。要了解人不是那麼容易的。但我們的社會，卻一直在鼓勵一種武斷和片面的看法。這種看法好像愈來愈通行了，它有時是一種魯莽的對他人的否定，有時是一種尖酸的惡貶，有時則是對世界事物加以一種猥瑣的猜測。我生活在香港社會之內，又離開了一點，隔了一段距離來看，通過談話和閱讀，我最感到擔心的是：這社會裏充滿了種種欺妄的意見、僵固的文字，一個人很容易就不自覺地被它們束纏得透不過氣來。不管是對社會的看法，對男女的看法，對藝術的看法，對文字的看法，許多習慣接受了的觀念有種種不妥當的地方，叫人愈看愈吃驚。我們怎樣才可以撥開種種虛妄的成規、自欺的觀念，實實在在地生活呢？

或者正是覺得許多看法跟別人很不同，又不知有沒有看錯的這種想法，使人想去寫東西的。就像寫信，你整理出自己的看法，也希望得到別人的回答，只有不同的意見可以正反討論，才可以引出較全面的看法。我們使用文字，是因為我們想改變事物。學寫小說，是因為對人的生活感興趣，想了解人們怎樣生活，怎樣看自己和世界，怎樣在與別人的交接中創造自己，以及為甚麼會那樣做。人們生活、戀愛、創造和破壞，變得更好或更壞。每個人不一定寫小說，但每個人寫信、談話。人往往在對他人的愛中找到希望的形狀，而從慾望和對象的距離間，就產生了文字，那讓人發揮人性的基礎。

小說都是虛構的。當我們從文字尋找意義，很容易又會發覺它游離不定了。我可以很肯定地相信一些事，但我同時亦會懷疑地自問：符號難道就等於現實？我看到的難道就可以完全表達得出來？表達了難道就可以立即傳達給另一個人？這些都不見得。小說比寫信好，是它可以從具體的人物和事件來想。我們把虛構的人物放入虛構的處境中看他們，也讓他們看對方，發展出他們的故事。

小說裏一個人物是作畫的。畫畫本也是一種觀看的藝術，但觀看也是一種不容易的藝術。我們看見甚麼呢？我們為甚麼會看見甚麼呢？距今數百年前，也是在一個新舊交替的時代，文藝復興的阿爾伯第撰寫的畫論中，就已經開始對觀看的問題諸多思索了。他寫道：「所以，我跟朋友們說，若照詩人的說法，那納蕤思（Narcissus）之轉變成花，是第一個繪畫的發明者；因為繪畫是所有藝術的花朵，整個納蕤思的故事是恰當不過的了。你說繪畫是甚麼呢，若不是用藝術來擁抱清池的表面？」阿爾伯第用納蕤思的故事，大概因為納蕤思是第一個把兩度空間的平面，看作是有深度的客觀現實的人吧。納蕤思的迷戀悲劇是他誤讀池水的符號。阿爾伯第借用這故事來解釋他的透視理論，正如後來的佛洛伊德和拉崗，自覺或不自覺地誤讀這故事來闡釋他們的心理學理論，梵樂希、紀德和盧騷改寫這故事來表達他們對人生的觀照。每個人照進這故事的鏡子看見不同的東西。這一切彷如一道長廊裏，充滿了正正反反顛倒破碎的鏡子，來復反照變形，好像徒勞又未嘗沒有意義，而在開頭處是納蕤思臨池自照的故事，這故事總使我想了又想，不僅因為它是一個迷戀的故事，也因為它是一個關於觀看的故事。也許因為我在想這問題，所以也把這看成一個觀看的故事吧。我們在學習看自己，又學習去看別人，而這又是互相牽連的。說了許多離題的話，因為反正已在故事的外面，隔了一年多，正好可以不拘限於這故事說一些想到的話。本來說不要寫得太長，結果又寫長了。會寄失嗎？希望讀到你的回音。

也斯

一九八二年六月底

十年前，評論家葉輝說，那是他第五次細讀《剪紙》，他還說，《剪紙》是一個不斷生長的故事，每讀一次都有不同形貌不同角度的新發現，它是一棵隨氣候季節和年齡變形的植物，生長出一些與現象和幻象相涉的想像。董啟章則說閱讀《剪紙》的文本經驗不單來自剪紙的多重對立含義, 也來自《剪紙》小說的寫法。

這堪稱一部香港文學的經典作品，自一九七七年小說在報紙連載到二〇一二年牛津新版，三十多年的感情和形式，以及我們的社會和我們的閱讀習慣，都發生了很大的變化，我們能從《剪紙》再獲得怎麼樣的靈感呢？

ISBN 978-0-19-593840-1

9 780195 938401

OXFORD
UNIVERSITY PRESS
牛津大學出版社
www.oupchina.com.hk